焼けた釘を刺す

くわがきあゆ

宝島社
文庫

宝島社

焼けた釘を刺す

愛情の反対は憎しみではなく無関心である。

――マザー・テレサの発言として広まった言葉

十八日午前五時頃、「路上で人が倒れている」と一一〇番通報があった。警察が駆けつけたところ、若い女性が胸から血を流して倒れているのが見つかった。女性は斜岡《はすおか》在住の二十代の会社員とみられ、搬送先の病院で死亡が確認された。警察は殺人事件として捜査本部を立ち上げた。

（読日新聞三月十八日付夕刊）

序

一年前

「ちーちゃん」

コンビニから出たところで呼び止められ、千秋《ちあき》は足を止めた。ふわふわした白いケープを羽織った女性が、向こうから手を振って駆けてくる。

「あ、萌香《もか》」

「ちーちゃん、帰ってきてたんだ」

「うん」

千秋は頷《うなず》く。日頃は隣県の斜岡でひとり暮らしをしているのだが、盆と正月には出《いづ》入野《いるの》に帰省するようにしていた。今年の年末年始も実家で両親と年越しをした。それから三日間、お節料理を食べながらリビングでだらだらとテレビを見ているのにも飽きたので、散歩がてらコンビニに買い物にきたのだ。

「教えてよ、こっちにいるんだったら」

萌香は子どものように千秋の腕を引っ張った。千秋と彼女は同じ小学校の出身だった。といっても、年は千秋の方が四つ上だ。それで、萌香は妹のような顔で慕ってくる。

「いつまでいるの」

「明日には帰るつもり」

「えー、一回くらい一緒にごはん行きたかった」

「奢《おご》ってほしいだけでしょ」

えへへ、と萌香はえくぼを見せて笑った。白いケープの下では、ピンクのワンピースのフリルが小さく揺れている。ロリータ系ファッションとまではいかないが、萌香は女の子らしい服装が大好きなのだ。

聞けば萌香も帰るところだというので、途中まで一緒に歩くことになった。すでにあたりは暗く、道路は黒い氷上のようだった。

「萌香、就職先決まったんだって？」

並んで歩きながら、千秋は尋ねた。

「そう。建設会社の事務」

　萌香は去年、大学三年生の夏あたりから就職活動を始め、年末には内定を手に入れていた。

「お父さんの知り合いの会社なの。完全なコネ入社」

「へえ。やっぱり地元は就職に強いね」

「でも、斜岡の会社と比べると給料安いよ。家から通えるから何とかなるけど」

「案外、斜岡で働くよりその方が貯《た》金も貯まるんじゃない？」

　都市部の斜岡は出入野より賃金が高い傾向にあるが、特にひとり暮らしでは何かと費用がかかる。

「そうそう。実家暮らしだったら引っ越しの準備とかもいらないしね。だから、これから大学を卒業するまで約一年、丸々遊べるわけ。卒業旅行、いっぱい行くんだ」

「いいなあ」

　過ぎ去った学生時代が懐かしくなる。千秋の勤める会社で長期休暇を取って旅行に行くことなどまず不可能だ。

「これもちーちゃんのおかげだよ」

　萌香がたっぷりの睫毛《まつげ》に縁取られた目を細めた。

「私も就活始めた時は、斜岡に出てひとり暮らししようかなと思っていたから。でも、ちーちゃんに相談したら、斜岡で働くのもいろいろ大変なことがわかって、早めに方向転換できたの。何だかんだで、ちーちゃんって私の人生のキーパーソンかも」

「そんな大げさな」

「冗談で言ってるんじゃないよ。だって、小学校の時にいじめられている私を助けてくれたのもちーちゃんだったし」

千秋にまっすぐな目を向ける萌香は、いつしか笑みを引っ込めて真顔になっていた。

「本当にありがとう。初任給が出たらごちそうする」

「いいよ、別に」

千秋は笑って首を振った。その時、かすかな振動音がした。萌香がすばやい動作でファー付きのバッグに手を入れ、スマートフォンを取り出す。何かを受信したらしい。さっと画面に目を走らせた彼女の顔が、一瞬こわばる。

「どうしたの」

何となく気にかかって千秋が尋ねると、

「うん……」

生返事をしながら萌香はスマートフォンをバッグにしまう。それから、汚れを落とすように両手を擦り合わせた。

「何か最近、ストーカーみたいなメッセージがくるんだよね」

「ストーカー?」

千秋は驚いて声を上げた。それが古い住宅街に思いのほか響いたので、慌てて声を落とす。

「どういうこと」

「いや、そんな大したことじゃないよ。差出人不明のメッセージがちょくちょく届くだけ」

「それ、どういう内容?」

「何か、いろいろ。いつもいつにあそこに行っただろ、とか、ずっと見てた、とか。今は、無視すんな、だって」

千秋は項《うなじ》の産毛が逆立つ感覚に襲われた。

「何それ。送り主に心あたりはないの」

「ない。偶然私の電話番号を知った変な男がいたずらしてるだけだと思う」

千秋はもっと詳しい話を聞こうとしたが、

「私、ここ曲がるから」と萌香は言って、千秋から離れた。その話題を避けたがっているふうにも見えた。上半身をこちらに捻《ひね》り、大きく手を振ってくる。

「ばいばい、ちーちゃん」

仕方なく、千秋も小さく手を振り返した。住宅の塀の角が萌香の姿をのみ込んだ。千秋が瞼《まぶた》に白い残像を感じているうちに、ヒールの足音が遠ざかっていく。

それが、千秋が生きている萌香を見た最後だった。

一

自分の父親より年上の上司からねちねちと繰り出される嫌みを今日ばかりは聞き流し、千秋は会社を出た。

入り日を浴びた電車に乗り込む。斜岡から出入野までは二時間ほどだ。薄暗い車窓に映る自分の顔を、見るともなく眺めた。

萌香の訃報を知ったのは、テレビのニュースでだった。彼女の名前とともに顔写真も報じられていたので、同姓同名の別人である可能性は低かった。仰天した千秋は、実家の両親を通じて萌香の葬儀の日程を聞き出した。今日は通夜に間に合うように会社を早退し、明日は半ば無理やり休みということにした。

出入野で駅を降りると、いったん実家に帰った。そこで喪服に着替え、葬儀の会場となる萌香の家へ向かう。徒歩十五分ほどの距離だった。

萌香の家は田舎らしい大きな平屋だった。萌香と両親、祖父母の二世帯住宅だったはずだ。普段は渋い茶色の塀が、白と黒の鯨幕《くじらまく》で覆われている。

千秋が到着したのは通夜の始まる少し前だったが、萌香の母親の計らいで家に上げてもらえた。千秋が名乗ると、

「ああ、あの千秋さん」と彼女はいくらか顔から緊張を解いた。萌香は自分の家族に千秋のことをよく話していたようだ。

「萌香がいろいろとお世話になりました」

自分にほほえみかけてくる萌香の母親を見ながら、その顔の細かい笑い皺《じわ》の中に血が滲《にじ》んでいるようだと千秋は思った。

彼女の勧めで、ひと足先に萌香に会えることになった。祭壇の置かれた広間に案内される。

そこは噎《む》せ返りそうなほど強い白百合《しらゆり》の香りに満ちていた。千秋が一歩入ると、祭壇の写真の萌香と目が合った気がした。頭に白いリボンをつけて笑っている。千秋は

写真から視線を落とした。棺《ひつぎ》があった。

腰を屈《かが》めて覗《のぞ》き込む。本物の萌香が横たわっていた。血の気のない顔で目を閉じている。濃い色の口紅を塗られた唇だけが妙に生き生きと見えてアンバランスだった。

千秋は手を合わせることも忘れて萌香の死に顔に見入った。つい二週間ほど前にコンビニの前で出遇《であ》い、言葉を交わしていたのが信じられなかった。

最期の別れに萌香が身につけているのは、赤いワンピースだった。お気に入りだったものに違いない。レースアップの胸元から白いものが覗いていることに気づき、千秋は息が止まった。包帯だ。

二日前の夜、萌香は帰宅途中に何者かに襲われた。報道によると、正面からいきなり刃物で切りつけられたようだ。彼女が路上に倒れた後も、襲撃者は執拗《しつよう》だった。心臓のあたりを同じ刃物で繰り返し刺したらしい。

冬の冷たい路上で萌香は失血死した。今、包帯で覆ってあるのはその時の傷だろう。

千秋は奥歯を噛《か》んだ。強い感情が、どくんどくんと脈打っている。意識して足を踏ん張っていなければ、その波に体をさらわれそうだった。

萌香を殺してその場を立ち去った犯人はまだ見つかっていない。夜であったため、事件の目撃者もいなかったようだ。

萌香の姿を目に焼きつけてから、千秋は棺に背を向けた。

ほどなくして通夜が始まった。

千秋はできるだけひっそりと焼香の列に並び、人々の視界に入らないようにした。

そうして俯《うつむ》きがちに、前髪の間から弔問客を観察した。

読経の中、焼香に向かうのは若い女性が多かった。萌香の大学の友人だろう。ちらほら同年代の男性の姿も見える。皆、沈んだ表情をしていた。何人かは数珠《じゅず》をかけた手で涙を拭っている。それでも啜《すす》り泣く声は押し殺しているので、会場にほとんど音はなかった。読経だけが選挙の立候補者の演説のように朗々と響いている。

「萌香」

かすかな声に、千秋は目を上げた。自分の前に立って焼香を待っている男が、遺影を見上げている。

おそらく自分より年下の、学生とおぼしき男だった。長身痩軀《そうく》で喪服を着ているので、大きな黒い蜘蛛《くも》のように見えた。同じ大学の友人だろうか。千秋はさりげなく男の顔を覗き込む。肌が白いのはわかったが、目鼻立ちをはっきり認識することはできなかった。その顔は、元が想像できないほど歪《ゆが》んでいたからだ。乾いた唇が小さく動く。

「萌香は、俺のだろ」

千秋ははっとした。男の声は真後ろに立っていた自分にしか聞こえなかっただろう。千秋はもっとよく彼の顔を確認しようとした。だが、ちょうど順番がきて、男は焼香台の方へ行ってしまった。彼の焼香が終われば、今度は千秋の番だ。故人に申し訳ないと思いながら、千秋は急いで一礼し、手早く抹香をつまみ上げた。背後を気にしながら拝み、すばやくふりかえった。

しかし、すでにその男の姿はなかった。

通夜の後、千秋は別室に通された。通夜振る舞いに呼ばれたのだ。

初めは辞退しようとしたのだが、萌香の母親のたっての願いを断りきれなかった。通夜の後に帰っていった萌香の友人達とは違い、千秋は親族と近隣住民というくくりに入れられたらしい。

案内された座敷のテーブルには仕出し料理のほかにビールなども用意されていた。喪主を務める萌香の父親に勧められて、人々が箸やコップに手を伸ばす。それにつれて場の緊張もいくらかほぐれてくる。

だが、千秋はほとんど食べなかった。喉を通らなかったといっていい。できるだけ目立たないように、初めて見る人々の間で正座してじっとしていた。

やがて、皿の料理が半分ほどになった頃、千秋は静かに席を立った。トイレに行くふりをして部屋を出る。電気はつけず、摺《す》り足で板張りの廊下を歩いた。

自身の拍動が体に響く。通夜の前に棺の萌香と対面した時から、心臓の激しい跳躍は止まっていない。いや、もっと前からだ。それが今、一歩ごとにいっそう高まっていく。

最後に萌香と会った時、彼女は気になることを口にしていた。「ストーカー」のような「変な男」からメッセージが届くという。萌香が殺害された現在、それは重要な意味を持っている。だが、千秋はそれを警察などに伝える気はなかった。萌香の死とその詳細を知った時から、千秋の心は決まっていた。

萌香を殺した犯人を見つけ出す。必ずこの手で。

彼女の家を訪ねるのは初めてなので、勝手がわからなかった。それでもあて推量で進んでいると、壁紙や引き戸が比較的新しい一角に入った。古い家なので、部分的に補修しているのだろう。このあたりが萌香が両親と生活していた部屋ではないか。萌香の祖父母はまだ壮健そうなので、彼らの部屋をバリアフリー構造にするのはもう少し先だろう。

この広い家の中ではまだ小さく見える部屋の引き戸に千秋は手をかけた。消灯されているので中の様子ははっきりとわからない。だが、ベッドとその枕元にテディベアらしいぬいぐるみの輪郭を見つけて、読みがあたったことを確信した。すばやく部屋に入り、後ろ手で戸を閉める。そこは萌香の自室だった。欧風の家具や雑貨でまとめてあるが、整理整頓はあまり得意ではなかったらしい。ベッドの毛布は足下の方で丸まり、床にもバッグやヘッドアクセサリーが放置されている。部屋がほどよく散らかっているのは好都合だ。千秋は床のカチューシャを手に取ろうとしたが、思い直した。代わりに押し入れに手をかけた。二段に積まれたプラスチック製の収納ケースが計八つ置かれていた。そのひとつの引き出しを開ける。ふわっと柔軟剤の香りがした。

そこには萌香の衣服が収められていた。淡いピンク、濃いピンク、白、赤、ラベンダー。形は不揃《ふぞろ》いだが、一応どれも畳まれている。ワンピースとスカートとブラウスが大半で、パンツはほとんど見あたらない。

そのうちの見覚えのある淡いピンクの生地を千秋は手に取った。裾にフリルがあしらわれたワンピースは、最後に会った時に萌香が着ていたものだ。彼女が殺害された日に身につけていたのも、やはりワンピースだったのだろうか。

思わず感慨に浸りそうになった時、廊下から足音が聞こえてきた。千秋はぎくりとして動きを止めた。この現場を目撃されたら、何と申し開きすればいいだろう。嫌な汗が滲みそうになったが、足音はすぐに萌香の部屋の前から遠ざかっていった。千秋は体の緊張を解いた。早くしなければ。ポケットに入れていたエコバッグを広げ、手にしていたワンピースを押し込む。さらにあと一枚、赤いワンピースも取り上げようとしたが、途中でやめて引き出しを閉める。これ以上ここから衣服を抜けば、空きが目立ってしまう。今度は下の収納ケースに手をかける。そこも上と同じような眺めだった。八つの収納ケースのうちのほとんどに衣類が詰まっているようだ。萌香は小遣いかアルバイトの給料の大半を服飾費に注《つ》ぎ込んでいたのではないだろうか。先ほどと同じ要領で中に勢いよく手を突っ込むと、指先に痛みが走った。千秋は慌てて手を引っ込める。服ばかりではなく、ほかのものも入っているようだ。アクセサリー類だろうか。むやみに手を入れてはいけなかった。

　それからは少し慎重に収納ケースの中を確かめていき、千秋はワンピースを中心に数点を選び出した。それらをできるだけ小さく丸めてエコバッグに詰めていく。あまり欲張って大荷物にすると、通夜振る舞いの席に戻る際に目立ってしまうだろう。エコバッグの膨らみ加減をみながらさらに取捨選択をする。部屋の中で柔軟剤の甘い香りがいっそう強くなる。

作業する間、うしろめたさは絶えず胸を去来していた。これは間違いなく窃盗行為だった。ごめん、と心の中で萌香に謝る。

だが、犯人に辿《たど》り着くためだ。

二

「ふざけんな」

課長の席の前で、杏《あん》は背中が一気に冷えた。

「入社してもう三ヶ月も経《た》つっていうのに一件だと。いつまでも学生気分でいるんじゃねえよ、このブス」

背中と反対に頬がかっと熱くなる。課長のがらがら声はフロア中に響きわたったことだろう。だが、それを深く考える間もなく、課長の譴責《けんせき》が続く。一日中歩き回ってくたくたになった体に、無数の罵詈《ばり》が錆《さ》びついた矢のように突き立てられた。その中にはすでにお馴染《なじ》みになった語句もあるのだが、最初とほとんど変わらぬ勢いで杏を貫く。

「使えねえな……え?」

五回ほど人格を否定された後、ようやく解放された。課長の気が済んだのではなく、書類を手にした事務の女性社員、樹理《じゅり》が彼に声をかけ、押印漏れを指摘したからだ。杏はよろよろと自席に戻った。周囲の社員達は、あれだけの叱責を受けた彼女に何の反応も示さない。上司の怒声が日常茶飯事だということもあるが、皆、余裕がないのだ。契約の取れない新人を嘲笑うよりも、明日の我が身の心配に忙しい。ノルマは等しく社員達にのしかかっている。

息を吐《つ》きながら腰を下ろすと、かたい椅子がぎしぎしと軋《きし》んだ。泣いてもいいのではないかと思った。きっと社会的に許される。杏が弱いのではない。二十一世紀にもなってこんなパワハラがまかり通る低賃金の会社の方がおかしいのだ。

しかし、社会人生活とはこういうものなのだろうか。まだ課長の叱声がうわんと尾を引いている頭で杏は考える。

杏は大学卒業後、小さなＩＴ企業に就職した。

その年に入社したのは杏を合わせて二人きりだった。同期は背の高い女性だった。

二人には教育係がつき、初めに新人研修が行われた。

まもなくして杏は違和感を覚え始めた。三十過ぎの男性の教育係は同期ばかりに話しかけ、ろくに杏の方を見なかった。やがてそれは露骨さを増し、仕事も教えてくれなくなった。杏には不要な書類の断裁などを延々と行わせ、その間に同期にだけ専門性の高い仕事を教えたり、プロジェクトの会議に参加させたりした。そうした仕打ちに、杏は胃痛を発症するほどのストレスを覚えた。会社に不当性を訴えたかったのだが、要望などは教育係を通して伝えることとされていた。そうなると、新人の配属が決定し、教育係と縁が切れる時期を待つしかなかった。

ところが、三ヶ月の試用期間が終わった後に、杏は会社から一方的に解雇を言い渡された。彼女に仕事の適性がないと判断したとのことだった。

杏は驚いた。裏で教育係が動いたのは明らかだった。ただ、会社は初めからひとりしか新入社員を採るつもりはなかったのではないかという気もした。しばらく二人を働かせてみて、よさそうな方だけ残すつもりだったのだ。そうでなければ、教育係が新人に対してあれほど専横に振る舞えるはずがない。杏は会社自体に愛想が尽きてしまった。黙って荷物をまとめ、会社を後にした。

退職して二、三日は解放感でいっぱいだった。出勤時間を気にせず家で好きなだけ寝ていられるのも楽しかった。だが、一週間が過ぎた頃には今後への不安が芽生え始めた。三ヶ月しか働いていないので、蓄えはほとんどない。かといって実家に帰るなど問題外だ。両親に何を言われるかわからない。杏は慌てて就職活動を始めた。コンビニでアルバイトをしながら採用試験を受け続け、秋に正社員としての採用が決まったのがこの会社だった。

これで生活が保証されたと安心したのも束の間、入社してすぐに、杏はまた大変なところに足を踏み入れてしまったことを悟った。

杏が新しく就職したのは、光回線の契約の代理店だった。飛び込み営業で各家庭を訪問し、新規の光回線の契約を取ってくるというのが彼女の業務だ。初めの一ヶ月は先輩の社員につき従って仕事を学び、その後、杏はひとりで営業を始めた。

ところが、契約がまったく取れなかった。何十軒と民家を回っても、玄関のドアさえ開けてもらえない。冷静に考えてみればそれもそのはずだった。だいたい悪質とはいわないまでも、多分にグレーな要素を含んでいる形態の業務なのだ。正攻法でなかなか契約に至れるものではない。社員の中には詐欺同然のやり方で、パソコンすら持っていない老人に契約を結ばせる者もいるらしい。杏にはとてもそんな真似《まね》はできなかった。誠実にやっていくしかない。

インターフォン越しに断られ続け、時には怒鳴りつけられた後、帰社すると、今度は上司の罵倒が待っている。社員には毎月、厳しいノルマが課されているのだ。成績の悪い社員は激烈な叱責を受けるほかに、深夜まで反省文を書かされたり、土下座させられたりすることもあった。また、ノルマが達成できないと給料はひどく低く抑えられてしまう。

杏は机の上のティッシュに手を伸ばした。まったく、数えきれないほどのストレスに満ちた職場だった。

だが、目に涙は滲まず、杏は鼻をかんだだけだった。かつての職場で発症した胃痛が再発することもない。あそことは決定的に違う点があった。

「お疲れさま」とやわらかな声が降ってきた。

「樹理さん」と杏は目を上げる。

「さっきはありがとうございます」

杏はデスクにやってきた樹理に小さく手を合わせた。課長に難詰されている時、彼女がさりげなく遮ってくれた。あの助け船がなければ説教はまだ続いていたに違いない。

「あのバカ課長が判子を忘れてたから悪いのよ」

樹理は小声で笑う。彼女は杏より二つ年上で、入社時期も数ヶ月早い。この会社で年の近い女子社員は少ないこともあってか、いつも杏に気を配ってくれる。仕事帰りに夕食をともにすることもあった。

「樹理さんに助けてもらったおかげですぐに書類の整理にかかれます」

「残業、長引きそう？」

「いつも通りですね」

この職場で定時で上がれることはまずない。杏は終電までに帰ることを目標にしている。もちろん残業代は支払われない。

「樹理さんは仕事終わりそうですか」

「今日も持ち帰りかな」

営業職ではない樹理にはノルマがない。しかし、事務職は彼女ひとりで、総務、労務、人事などをすべて捌《さば》かないといけないので、忙しいことに変わりはない。

「しんどいけど、明日は休みだしね」

樹理の言葉に思わず杏は「はい」と笑顔になる。

「杏ちゃん、予定があるの」

「友達の結婚式なんです。だから楽しみで」

「へえ、たまたま休業日でラッキーだったね」

杏は頷く。会社はシフト制で、毎月休みとなる曜日は違う。週休二日を謳《うた》っているが、営業成績によっては休日出勤があたり前のような状態だった。ただ、明日はシステムのメンテナンスに一日かかるそうで、全社員にとって完全な休業日と決まったのだ。

「樹理さんはどこか出かけるんですか」

「私？　明日は家で一日寝てるわ」

樹理は凝りをほぐすように首を左右に振った。それから、杏のデスクに小さなチョコレートを置いた。

「もうひと頑張りする前に、お茶でも淹《い》れて休憩したら」

そう言って、彼女は離れていった。

杏はチョコレートに手を伸ばした。ほのかに温かい気がする。職場で何気ない会話ができる相手がいるということは、高価な栄養ドリンク以上の活力を与えてくれる。それだけでも転職した甲斐《かい》があったのではないか。

そして、何よりも。

杏は自宅から持ってきたマグカップを手に立ち上がった。樹理に言われた通りにするつもりだった。

頻繁に怒鳴り声の飛び交う騒がしいフロアを抜けて、給湯室へ向かう。そこに入る前に、いつも杏はちょっと目をつぶって祈る。小さな幸運を引き寄せようと念じる。

願いは通じた。

給湯室の入り口で、杏は息を詰めて足を止める。この光景が一秒でも長く続いてほしい気がして。

細身の男性社員が背を向けてコーヒーを淹れていた。杏の気配に気づいたらしく、ゆっくりふりかえる。

「先輩」

杏はそっと声を出す。

彼はにこっと目を細くした。

「お疲れ」

さっき樹理がくれたチョコレートの甘い香りが、時間差で鼻の奥で弾《はじ》けた気がした。先輩と目が合い、ほほえんでもらえたというだけで、痛めつけられ、張りつめていた神経がとろけていく。

「お疲れさまです」

上がってしまい、たったひとこと言うのにも声が掠《かす》れる。

先輩は、杏が入社した初めの一ヶ月に教育係としてついてくれた社員だった。杏より二歳上の独身だ。彼がいるからこそ、杏はどのような仕打ちを受けてもこの会社に通うのだった。

第一印象からして、すっきりした顔立ちが杏の好みだった。だが、何より惹《ひ》かれたのは、彼の人柄だった。この会社の大部分の人間と違って、先輩は常に一定の落ち着きを保っていた。その目は常にどこか楽しそうに動き、訪問先や上司から不当に怒鳴られてもけろりとしていた。そして、新人の杏には優しく丁寧に仕事を教えてくれた。彼女が失敗をしても声を荒らげることがないばかりか、不機嫌になるそぶりも見せなかった。後輩ができるようになるまで、根気よく付き合ってくれた。好きにならない方が無理というものだった。

「そろそろ仕事にも慣れた？」と先輩が聞いてくる。二人で会話ができる、と杏はいっそう舞い上がる。

「何か怒られてばかりです」

「目をかけられているんだよ」

「私が契約を全然取れないからです。もし、先輩のを一件もらえていなかったら、もう首になっていたかもしれません」

先輩から仕事を教わった杏がひとり立ちする直前、彼は餞別《せんべつ》だといって自分の契約をこっそり分けてくれた。杏は目が潤むほど感動した。この先は先輩と別れて仕事をしなければならないのがより残念になったものだ。

「本当にありがとうございました」

「気にしないで。これからもがんばって」

コーヒーを淹れ終えると、先輩は給湯室を出て行った。杏は瞼の裏で残像を長引かせたくて、先ほどまで彼の立っていた場所にしばらく目を注いでいた。すでに点火した恋は、胸いっぱいに炎上していた。

かといって、杏のできることは限られていた。自分から男性を食事に誘うような積極性は持ち合わせていない。ただ杏は給湯室を使う時間が先輩と重なることを期待し、彼に恋人のいないことを願うばかりだった。その先の想像は広がるが、足は一歩も踏み出せていない。

とにかく今日は少しだけ話せたのだ。杏はマグカップをくるくる回しながら、ポットに手を伸ばした。

翌日は澄みきった晴天だった。

杏は早起きして家を出た。友人の結婚式は出入野で行われることになっていた。彼女の夫になる人の出身地なのだという。

杏はスマートフォン片手に乗り換え案内を確認しながら在来線を乗り継いだ。斜岡から日帰りで行ける距離だが、出入野を訪れるのは初めてだった。取り立ててこれといった観光名所もない地方都市なのだ。ただ、最近になってその地名をニュースで何度か聞くようになった。殺人事件が起こったらしい。被害者の女性の名前と顔も繰り返し報道されていた。まだ大学生のかわいい女の子だった。事件現場となった出入野の路上もテレビで見かけたことがあるはずだ。

とはいえ、杏にとって出入野は特には気を引かれない土地だった。降り立ったJRの駅は新しく、人出もそれなりにあったが、どこにでもある景色に見えた。

結婚式と披露宴に参加した杏が再びそこに戻ってきたのは夕暮れだった。二次会にも誘われていたが、明日の仕事のことを考えて抜けてきたのだ。帰りの電車の時間まで、駅構内のカフェで休憩することにした。窓際の席で頬杖《ほおづえ》をつき、もの思いに耽《ふけ》った。

ヨーロッパ風の白いチャペルで行われた結婚式は、色とりどりのフラワーシャワーと人々の笑顔で溢《あふ》れ、絵よりも美しかった。杏はその余韻に浸ると同時に、自分の実生活の不足も痛感させられた。杏の高校時代の友人新婦は、勤め先の大手企業で知り合ったという新郎と、何の挫折も知らないようなほほえみを浮かべていた。彼女の手に入れている高給と愛が、純粋にうらやましい。

今さら大企業に就職できる気はしない。もはや怒号の飛び交うあの劣悪な職場は杏の日常生活として組み込まれている。転職活動をしても、今と同程度のところしか見つからないだろう。だが、好きな人と一緒に暮らす夢は育てることができる。杏は自然と先輩の顔を思い描いていた。すると、他人との比較で感じていた惨めさはにわかに薄れ、胸が浮き上がってくる。先輩と付き合えたらどんなに幸せだろう。二人きりであちこちに出かけ、もしくは互いの部屋で何をするでもなく時を過ごす。うれしいことも哀しいことも、伝えたくなったら連絡できる距離感を持つ関係になれたら。

「えっ」

杏は思わず小さな声を上げた。

自分の頭の中が窓ガラスに投影されたのかと思った。だが、本物だ。

今、まさに杏が思い浮かべていた先輩が、目の前にいた。窓ガラス一枚を隔てた駅の構内を歩いていた。

先輩はひとりで改札の方へ向かっていた。シンプルなジャケットとチノパンという私服が職場のスーツ姿と違って新鮮だ。普段通りの穏やかな横顔。すぐにその姿は角を曲がって消えた。

こんな偶然があるだろうか。杏はひと呼吸遅れて、体の中で心臓が騒ぎ始めるのを感じた。自分が先輩のことを思っていると、目の前に現れた。それも、今まで訪れたことのないような場所で。自分と先輩には運命的な繋《つな》がりがあるのではないか。あのタイミングを逃さずに、声をかければよかった。

杏が店の窓ガラスという障壁の存在を忘れて悔やんだ時だった。彼女の目の前を、また見慣れた影がよぎった。

今度は声が出なかった。

杏はぽっかりと口を開けて足早に歩く黒いコートの女性を眺めた。先輩と同じように角を曲がって消えた。

十秒ほどの出来事だったが、その顔ははっきり認識できた。樹理だった。

杏は瞬《まばた》きを繰り返した。

こんな偶然があるだろうか。

先ほど浮かんだのと同じ言葉を胸の内でつぶやいた。だが、それは先ほどとはまったく違う意味を持っていた。指先が冷えていく。

斜岡ならまだわかる。先輩と樹理が住んでいたり通勤していたりする場所なら、二人がたまたま近くを通るということもあるだろう。だが、斜岡から電車で二時間もかかる場所に、同じ日の同じ時間に居合わせるということがあるだろうか。だいたい、樹理は杏に今日は外出の予定がないようなことを言っていた。同じ会社の人間に本当のことを隠して出かけなければならないことがあったのか。

今まで思いもしなかった疑惑に杏の頭がぐらぐら揺れる。

二人は連れ立って歩いていたわけではなかった。ただ、樹理が先に行った先輩を追いかけているようにも見えた。またはあえて距離をあけて歩いているようにも見えた。あの二人は。

急速に周囲の酸素が薄くなる。視界が陰っていく。

三

萌香の葬儀の翌週、千秋は朝から出入野へ出かけた。

萌香を殺した犯人を見つけるために、今後は休日ごとに通い詰める予定だった。

小さなスーツケースを引いて出入野に到着すると、まずはトランクルームに向かう。基本的に毎回日帰りで、実家には寄らないつもりだ。自分の動きを家族やその周囲の人々に知られたくなかった。そこで、出入野での拠点としてトランクルームを借りた。駅から少し歩いた国道沿いにある、コンテナ型の施設だ。ずらりと並んだ白いコンテナのうちの一つを簡単な鍵を使って開ける。

二畳ほどの広さの部屋に入り、ドアを閉めて電気をつける。先週のうちに準備はほとんど整えていた。まず目につくのはハンガーに吊《つる》されたワンピースやブラウスだった。萌香の部屋から拝借してきた彼女の私服だ。五着とも千秋には小さかったので、サイズ直しをしてある。床の段ボール箱にはバッグと、カチューシャやリボンといったヘッドアクセサリーを収納している。これは萌香の持ち物ではなく、似たデザインのものを千秋が選んで買ってきた。通夜振る舞いの時に持ち出せなかった小物は、スマートフォンのカメラで撮影して記録していたのだ。さらに、千秋はスーツケースを横倒しにし、その中から新たな衣服を取り出した。チェックのスカートと赤いワンピース。どちらもインターネットで購入した。ワンピースは棺の中の萌香の部屋にあったブラウスに合わせるためのものだ。そして、ワンピースは棺の中の萌香を思い出しながら選んだ。両親が最後の衣装にと着せたのだから、あの赤いワンピースは彼女のお気に入りだったに違いない。こればかりは写真に残せなかったので、自分の記憶に頼りながら似たようなものを購入した。

衣服をすべてハンガーに掛け、千秋はちょっと思案した。今日は実際に犯人捜しに動く第一日目だった。結局、持ってきたばかりの赤いワンピースを選んだ。着替えた後、化粧に取りかかった。これも萌香が好きそうな、ふんわりとしたピンクのポイントメイクを中心に化粧品を用意してあった。化粧の後はロングヘアのウィッグを被《かぶ》った。これは少し不自然に見えるかもしれない。ヘアウィッグの良質なものは驚くほど高額で、とても手が出せなかったのだ。しかし、短い千秋の髪を短期間で萌香並みに伸ばすことはできないので、やむを得ない。カチューシャをつけ、毛先をヘアアイロンで丁寧に巻いた。それから、鏡を覗き込む。居心地悪そうな自分の虚像と目が合った。

我ながら似合っていない。今までこんな女の子らしい格好はしたことがないし、趣味でもない。だが、効果的ではあるはずだ。

萌香を殺した犯人は見知らぬ通り魔ではないだろうと千秋は踏んでいた。彼女に脅迫的なメッセージを送り続けていたストーカーである可能性は高い。前から萌香を知っていて、彼女の近くにいた人物のはずだ。彼女のよく知った相手かもしれない。

千秋はこれから萌香の交友関係をあたり、さりげなく聞き込みを行うつもりだった。ただ、素人であることは自覚している。警察の捜査ほどうまくはいかないだろう。自身の作為を悟られないために、人々には萌香とは無関係を装って動く予定なのでなおさらだ。

そこで、萌香の格好を真似ることを思いついた。

事件後、自分の生活圏内に殺したばかりの人間にそっくりな姿の千秋が現れれば、犯人は間違いなく気になるはずだ。うまくいけば、向こうの方から接触してくれるかもしれない。それが狙いだった。

ファーバッグに財布とスマートフォンなどを入れ、千秋はトランクルームのドアを開けた。靴は斜岡から履いてきたローファーのままで大丈夫だろう。外に出ると強い北風を受け、タイツを穿《は》いた足下から震えが這《は》い上がってくる。いや、これは武者震いだと千秋は思った。

最初に千秋は萌香の通っていた大学に足を運んだ。

出入野では有名な大学で、平日ということもあり、キャンパスは徒歩や自転車の学生達で混み合っていた。千秋は学部棟を見て回りながら、ある顔を捜していた。通夜の時、萌香の棺につぶやいていた男だ。

——萌香は、俺のだろ。

友人にしては不自然な言葉だ。また、彼が萌香の恋人だったとしても独特の粘着性が感じられる。それにもかかわらず、男は翌日の葬儀には姿を見せなかった。単純に考えて、彼の言動は非常に怪しい。まずは彼が何者か、千秋は確かめたかった。

日が高くなるまでキャンパスをうろついたが、あの男を見つけることはできなかった。萌香と同じ年頃に見えたが、ここの学生ではないのかもしれない。それならほかの場所をあたるまでだが、千秋は嫌な可能性に気づいた。あの男は萌香を殺害した疑いですでに任意同行されているかもしれない。素人目でもあれだけ怪しいのだ。しかし、警察に先を越されては困る。

気を揉《も》んでいると、近くの校舎からどっと学生が溢れ出てきた。昼休みに入ったようだ。千秋は学内でのやみくもな捜索は終えて、大学の食堂に足を向けた。

そこも学生でいっぱいだった。その中に混じって食券を買い、日替わりランチを載せたトレイを持って、食堂の奥へ進んだ。天窓から陽光がよく降り注ぐ一角のテーブルを、十四、五人ほどの団体が占領している。女子学生が中心だ。そのうちのひとりに千秋は声をかけた。

「あの、ピアノサークルの方達ですか」

その声に、テーブルの学生達がいっせいにこちらを見た。

「そうです」と尋ねられた女子学生が答えてくれる。

「サークルに入会したいんですけど」

千秋の言葉に、いくつもの目に軽い戸惑いが浮かぶのが見て取れた。千秋は内心、苦笑した。自分がうら若き女子大生に見えないことは自覚している。大学を卒業したのは三年前だが、社会人として生活すると、どこか見た目に明確な一線が引かれるのだ。加えて年甲斐もなくこの服装だ。相手の警戒をいくらかでも和らげるため、用意していた台詞《せりふ》を口にした。

「私、今年からこの大学の科目履修生になったんです。学生じゃないと入会できないんでしょうか」

「いいえ、そんなことないですよ」

納得がいったように、学生達の多くは表情を緩めた。

「この大学に通っている人なら誰でも歓迎です」

彼らは千秋を輪の中に迎え入れてくれた。各自が少しずつテーブルの席を詰めて新

人の居場所をつくってくれる。礼を言って千秋は腰を下ろした。名前だけの自己紹介を済ませた後、

「じゃあ、ミーティングを続けます」と奥の席にいる茶髪の女子学生が言った。

千秋は控えめな目つきでテーブルの面々をゆっくりと見回した。

このピアノサークルは、萌香が所属していたサークルだった。彼女のSNSの投稿から割り出すことができた。

大学のホームページで確認したところ、趣味でピアノを弾く者が集まる気楽な学内サークルのようだ。確か、萌香も小学生の頃からピアノを習っていた。サークルの主な活動は年四回の定期演奏会で、ほかに週に三回、昼休みに食堂で昼食がてらミーティングを行っているという。

ここに潜入すれば、萌香の大学での交友関係を手っ取り早く探れるだろうと千秋は思った。サークルは学部やゼミに比べて身分確認がいい加減だ。実際、千秋はこの大学の科目履修生ではないのだが、サークルの人々はあっさりと千秋の嘘《うそ》を信じて受け入れてくれた。これから彼らと少しずつ親しくなり、探りを入れていきたい。

実はピアノはまったく弾けないが、千秋は神妙な顔つきでミーティングに参加した。まじめそうな学生の多い、落ち着いたサークルだった。茶髪の女子学生が司会進行し、

淡々と議題を上げて採決していく。彼女がサークルの代表らしい。

彼女を含めて、メンバーの中には見覚えのある顔がいくつもあった。萌香の通夜や葬儀の参列者達だ。一方で、彼らは千秋があの場にいた人間だと気づいた様子はない。喪服とはかけ離れた格好が功を奏したのだろう。全体的に彼らの表情が沈んで見えるのは、サークルのメンバーのひとりを思いがけない形で失ったからか。

彼らのうち、千秋が特に二人の男子学生の顔を注視していると、がたんという音がした。新たな学生がやってきて、司会進行をしている茶髪の女子学生の隣に椅子を置いたのだ。

その長身と小さな顔を見て、千秋の心臓が一度大きく跳ねた。

あの男だ。

千秋が午前中いっぱいかけて捜し回っていた容疑者だった。萌香を殺したかもしれない男。

相手も新入りの千秋に気づいたようだ。一瞬ぎょっと目を見開いた。千秋の項が熱くなる。彼は自分の服装に反応したのではないか。棺の萌香に似せた赤いワンピース姿に。

と、男は千秋から視線を外した。椅子に座り、腕を組む。

向こうが見ていないのをいいことに、千秋は彼を抉《えぐ》るように観察した。その顔はなかなか整っていた。血の気のない白い肌に一重瞼で、表情が薄い。ミーティングに耳を傾けているふうでもなく、テーブルの上の何もないところに目を落としている。決して再び千秋の方を見ようとしないことに意味はあるのか。

男が急に立ち上がった。まだ着席してから五分も経っていない。無言でその場から離れていく。椅子は残したままだったので戻ってくるのかと思いきや、最後まで姿を見せなかった。男の退出にほかのメンバー達も特に反応は示さず、そのままミーティングは散会となった。各自が食べ終えた食器のトレイや弁当を片づけ始める。

「あの」

そばにいた女子学生に、千秋は小声で話しかけた。

「さっき途中で入ってきてまた出ていった人って誰ですか」

彼女はああと頷いた。

「あの人は小野寺《おのでら》さん。サークルのメンバーだけどもう四年生だから、ミーティングは自由参加なの」

彼についてもっと具体的な話を知りたかったが、最初からあまり突っ込んで聞き出そうとすると怪しまれる。千秋は質問を終えた。トレイを引き寄せながら、先ほどの光景を思い浮かべる。彼は小野寺というのか。

やはり怪しい。

冷静沈着なタイプに見えたが、普段は激しい本心を覆い隠して涼やかに見せているのではないか。通夜での様子から、彼が萌香に特別な思いを抱いていたことは明らかだ。ストーカー化していてもおかしくない。そして、つい今しがた目にした、千秋の姿に対する反応。ミーティングに遅刻して参加したにもかかわらずすぐに中座したのは、新入りの自分の存在が関係しているのではないか。

千秋は項がじりじりと焼けるような気がした。

ミーティングの後、サークルの女子学生達に部室を案内してもらった。

女性の多いサークルらしく、グランドピアノの置かれた部屋はこぎれいに保たれていた。楽譜やピアノの教本はきちんと棚に収められ、目につくところに埃《ほこり》も積もっていない。窓辺の花瓶には農学部の学生から譲り受けたというバラの花が飾られている。サークルのメンバーならいつでもここを使えるそうだ。

ピアノを少し弾いてみないかという勧めを、千秋は丁重に断った。そこに小野寺の姿がなかったからだ。そもそもピアノを弾いたこともない。所用を理由に女子学生達に別れを告げ、大学を出た。次の目的地に向かう。

駅の裏側はごちゃごちゃとした住宅街が広がっている。地図アプリを頼りに入り組んだ路地裏を進んでいくと、蔦《つた》の這った洋館が見えてきた。「純喫茶コトリ」という木製の看板がかかっている。戦後まもなくから営業を続けているというレトロな喫茶店だ。

重厚な扉を開けると、平日の午後にもかかわらず店内は混み合っていた。座席はいっぱいで、レジの近くのソファで二人が順番待ちをしている。千秋が彼らの隣に腰を下ろすと、すぐにその後から二人、入ってきた。店内の装飾やメニューがSNS映えするということで、近年人気になっているらしい。

千秋は店内を見渡した。シャンデリアがいくつか天井から吊《つ》り下がっているが、中の電球が小さいので全体的に薄暗い。そのため、赤い壁や木製のテーブルやフローリングの境界が曖昧に滲み、非日常的な雰囲気を醸し出している。トレイを掌《てのひら》に載せ、客でいっぱいのテーブルの間を行き来する店員は三人いた。女性が二人、男性がひとりだ。いずれも学生アルバイトか、社会人でもまだ二十代だろう。女性店員は黒いワンピースに白いエプロン、男性店員はワイシャツに黒いベストを身につけている。店の制服が男女で異なるらしい。千秋はポニーテールの女性店員を眺めながら、いかにも萌香が好みそうな制服だと思った。

この店は萌香のアルバイト先だった。就職活動をしていたここ一年はあまりシフトに入っていなかったようだが、大学一年の頃からずっと続けていたらしい。大学ばかりでなく、犯人がここの関係者という可能性もある。従業員か客か。

千秋は店の客をひとりずつ見ていった。若い女性客が目立つ。ゴスロリというのだろうか、大量にフリルのついた黒いワンピース姿で、注文したケーキの撮影に励んでいる女性もいる。若い男性客は彼女とカップルで来ている者が多かった。千秋の前で順番待ちをしているのも大学生らしいカップルだった。ひとり席には昔からの常連らしい、中高年の男性客がちらほら見受けられる。黙ってコーヒーカップを傾ける彼らのうちの誰かが店員の萌香に目をつけたのだろうか。

「お客様、お待たせいたしました」

男性店員がレジ近くのソファにやってきた。まず、千秋の前のカップルが空いた席に案内された。それから、店員はすぐに引き返してきた。もうひとつ空いた席があるらしい。千秋は腰を浮かしかけたが、

「お客様、どうぞ」

彼が声をかけたのは千秋の後ろの女性だった。ひとり席はまだなのだろうか。とこ

ろが、立ち上がったのはその女性ひとりだけだった。その後ろの会社員ふうの男性は連れ合いではなかったらしい。

なぜ彼女が自分より先なのだろう、と千秋は思った。

「おひとり様ですね」と確認しているので、店員が空いた席を勘違いしているわけではないようだ。と、女性を案内しかけていた彼と視線がぶつかった。

執事然とした格好より、スポーツウェアを着ている方が似合うがっしりした体格の男性だった。顔もいかつく、目だけが丸い。千秋を見るその目にぎらりと力がこもった。

「出ていけよ」

歪められた口から、千秋にしか聞こえない小さな声が放たれた。

「キモいんだよ」

いきなり胸倉を摑《つか》まれたように感じた。千秋は絶句して、その人を見上げていた。

彼を残して周りの景色が消える。

「ちょっと」

千秋と彼の間に別の人間の声が割り込んだ。

「彼女より前に並んでいる人がいますよ。案内するならこの人が先です」

その声で千秋は現実的な視力を取り戻した。最後に並んでいた会社員ふうの男性が立ち上がり、千秋を指し示しながら店員に注意していた。すると、案内されかけていた女性も、

「やっぱり。おかしいと思った」と言って、再びソファに腰を下ろした。それで、店員も我を通せないと諦めたらしい。

「どうぞ」

吐き捨てるように言うと、千秋に背を向ける。ついてこいという意味だろう。千秋はそろそろと腰を上げた。

席まで案内する間、彼は一度も千秋の方を見なかった。だが、その顔が依然、しかめられているのがわかった。

四

純喫茶コトリを出た後、一度トランクルームに寄り服を着替えた。濃い化粧も落と

し、普段の格好に戻って帰途につく。

すでに午後の日は力を失いかけていた。長い影を引いて国道を歩く千秋の胸はもやもやとし続けていた。

コトリでは店員の男性に突然、強い言葉を投げつけられた。初対面の相手にまず口にする台詞ではなかった。とっさに反応できないでいると、後ろに並んでいた会社員ふうの男性客が間に入った。それで、店員は矛《ほこ》を収めた。無言で千秋を席に案内し、音を立ててテーブルにメニューを置いた後は、まるで避難するように厨房《ちゅうぼう》に引っ込んだ。代わりに千秋の注文や会計を担当したのはポニーテールの女性店員だった。きっと男性店員の差し金だろう。

彼に対して、千秋は怒りを覚えた。

何というよけいなことをしてくれたのだろう、あの会社員ふうの客の男性は。あそこで横槍《よこやり》が入らなければ、店員の千秋への行動はエスカレートしたかもしれないというのに。

想像すると、妙に喉が渇いてくる。損をしてしまった気分だ。

コトリを訪ねた時は、すでにピアノサークルの小野寺を疑う気持ちが強まっていたせいで、あまり収穫を期待していなかった。それだけに、店員の態度には驚いたし、そこに可能性を見出して、胸が弾んだ。彼が犯人だと考えられなくもないのだ。もしそうなら。

千秋の胸に滞っていた小さな不満の霧が晴れていく。足下の長い影を地面に残して、するりと空に駆け出すことができそうだった。

もしそうなら、犯人は出会った初めから自分に興味を持ってくれていることになる。

ああ、と思わず千秋の渇いた口からためいきが漏れる。

生来、甘えん坊なのか、寂しがり屋なのか。

物心ついた頃から、千秋は常に強い欲求を抱いていた。

愛されたいと。

親でも友達でも異性でも同性でも、誰からでもかまわない。何よりも、第一に、強く深く愛されたい。

しかし、その欲求が心から満たされたことは一度もなかった。

別に周囲が千秋に冷たかったわけではない。皆、そこそこ好意的に接してくれた。だが、それは愛にまでは至らなかった。優しさは好意には違いないが、薄っぺらな感情だ。むしろ相手に大して関心がないから、あたり障りのない気休めを与えることができるのだ。千秋に全神経を傾け、心の奥にまで踏み込んできてくれる者はいなかった。

たとえば、両親は千秋を叱っても手を上げることはなかった。小学校に上がっても、児童に怒鳴り散らし罰を与えるような熱血教師はいなかった。友達も総じて親切で、軽い口喧嘩《くちげんか》をしても翌日にはすぐに謝ってくれるような面々ばかりだった。小学生の千秋は失望し、鬱々とした日々を送った。誰も自分に愛を注いでくれない。愉《たの》しいことなど何もなかった。

そんなときに、同じ学校に通う萌香のことを知った。

四歳年下の萌香は一年生になったばかりだった。その学年も終わりに近づいた頃、彼女は本の貸し借りを巡って同じクラスの女子といざこざを起こした。同じクラスの女子が萌香から借りた本を返さなかったのだ。低学年にありがちなトラブルだったが、相手に姉がいたことから問題が拗《こじ》れた。彩葉《あやは》という名前のその姉が、妹を救うという名目で介入してきたのだ。

萌香は学校帰りに彩葉とその仲間に取り囲まれ、ようやく返してもらった本を取り上げられた。そして、口汚く罵られながら目の前でそれを破かれた。小学五年生と一年生では体力も知力も差は圧倒的だ。萌香は大きな上級生の前でなすすべもなく泣いていた。

千秋はたまたまその場を通りかかった。彩葉とは同じクラスで、萌香の顔も何となく見知っていた。そこで何が起こっているかを理解した瞬間、ぱっと世界の明度が増した気がした。弱りきった下級生を見下ろす同級生。彼女の目には愛の片鱗《へんりん》があった。相手のことが気になって理性が狂い、力加減もなく感情をぶつけてしまっている。その混じりけのない本物の愛を、自分も一身に浴びたいと思った。

体が勝手に動いていた。千秋は彼女達の輪の中に割り込み、大げさな身振りで萌香を庇《かば》ってみせた。特に彩葉に向かって自分の存在をアピールした。

いきなり現れた千秋に、彩葉達は興ざめしたように立ち去っていった。萌香はよほど怖かったのだろう。彩葉達がいなくなった後も、千秋にしがみついてわんわん泣いた。彼女が千秋を慕うようになったのはその時からだ。一方、千秋は萌香を機械的に宥《なだ》めながら、まったく別の期待に胸を膨らませていた。

翌日、願いが叶《かな》いつつあることを察した。登校すると、教室の千秋の机には黒いマジックペンでむちゃくちゃに落書きされていたのだ。千秋がその言葉をひとつずつ読んでいると、

「キモーい」

大きな声がした。彩葉を中心とした女子の一団がこちらを見ながら笑っていた。千

秋はじんわりと胸が温かくなった。狙い通り、彼女は愛の対象を同じクラスの自分へと切り替えたようだった。教室で大きな愛が育まれつつあった。

クラス全体を巻き込みながら、日に日に彩葉の愛は苛烈さを増した。千秋の教科書は破り捨てられ、給食は床にぶちまけられ、体操服は便器の中に浸《つ》け込まれた。千秋はあらぬ不名誉な噂《うわさ》を流され、授業中と休み時間の区別なくゴミやカッターナイフの刃を投げつけられ、廊下を歩くと足をかけられた。千秋を誹謗《ひぼう》中傷するインターネット上の書き込みも大変な数に上った。個人情報も暴露されていたので、自宅に怪しげな郵送物や請求が届くようになった。

教室の異変は明らかだったが、担任の教師は見て見ぬふりをしていた。元来、愛情の薄いタイプなのだろう。千秋は残念だった。なぜ担任も生徒と一緒になって、体罰くらい与えてくれないのだろうか。だが、その代わりに同級生から存分に愛を受けているのでそれほど寂しくはなかった。

あの頃、千秋は教室でずっと笑顔でいたような気がする。幸せだった。

彩葉を中心としてクラス全員が千秋に目を向け、正気を失っていた。千秋が愛しいからだ。愛しくてたまらず、目が離せず、相手に影響を与えたいから精神や肉体を傷つけてくるのだ。今までこれほど激しく愛された覚えのなかった千秋は有頂天になった。毎朝、早起きをして登校した。自分の分身ともいえる机や持ち物がどのような仕打ちを受けているか、確認するのが楽しみでならなかったからだ。放課後もぎりぎりまでとどまった。日によっては主に男子が校舎裏で殴ってくれるからだった。帰宅後はインターネットで自分の名前を検索した。そこに表示される書き込みにも彩葉達の愛の軌跡があった。可能な限りつぶさに読んで、自分が愛に包まれていることを実感しながら眠りについた。

そうして夏が過ぎる頃、千秋は彩葉達に感謝の念を覚えるようになっていた。同じクラスの人間だというだけで、彼女達は自分に惜しみなく愛を注いでくれる。自分もそれに応えたいと思った。そこで、自分がされてうれしかったことを、やり返してあげることにした。

すなわち、相手の机を破壊してみたり、殴られたら重い本で殴り返して前歯を折ってみたり、インターネットに個人情報を書き込んでみたりした。特に彩葉に対しては集中的かつ過剰なほどに恩返しをした。彼女こそが教室の愛の源泉といえたからだ。授業中に生卵を投げつけ、コートを切り刻み、下校途中にバケツいっぱいの汚水をかけてあげた。彼女が萌香からこちらに目を向けてくれなければ、楽園は生まれなかったのだから。

ところが、千秋が行動し始めてから、彼女達の愛は冷めていった。いつの間にか、千秋の周囲は静かになった。誰も千秋の机や持ち物に手を触れなくなった。体育の時間に顔面にボールをあて続けられることも、放課後に校舎裏に呼び出されることもなくなった。皆が千秋を避けるようになっていた。

　相手の心変わりに千秋は戸惑った。彼女達はどうしてしまったのだろう。自分が何か気に障ることでもしてしまったのだろうか。もう二度とあなたの気に入らないことはしない、と彩葉に話しかけたこともある。だから、前と同じような関係でいてほしいと。

　だが、彩葉は千秋と決して目を合わそうとせず、伏せた睫毛を震わせるばかりだった。意味がわからなかったが、選択を間違えたことは確かだった。教室は静まりかえったまま学年末になり、クラス替えになった。千秋ひとりが、彩葉達と遠く離れたクラスに入れられた。担任ら教師側にも何か思うところがあったらしい。噂でも出回っているのか、新しいクラスで千秋に話しかけてくる者はひとりもいなかった。

　楽しい学校生活に舞い上がっていた分、千秋はひどくがっかりしてしまった。中学、高校もそのまま地元の小規模な学校に進学したので、年を経ても状況は変わらなかった。何より、相手との距離感がわからなくなっていた。

大学進学を機に斜岡に移って環境が変わっても同じだった。千秋は依然、深く愛されたかった。だが、どうすればいいのか見当がつかなかった。とりあえず、周囲に合わせるようにし、相手に対して従順であり続けた。愛されたいのはやまやまだが、また失敗して無視されるのが一番おそろしかったのだ。誰にも相手をしてもらえないほど悲惨なことはない。それは愛の対極なのだから。千秋はひっそりと進学し就職し、味気ない人生を歩んでいた。

そこに突然、光が射したのだった。

きっかけは久々に再会した萌香だった。彼女はある意味、常に千秋の憧れであり続ける運命にあったらしい。

小学生の時、彩葉に絡まれていた萌香を、千秋はうらやましいと思った。そして、正月に故郷でばったり顔を合わせた彼女は、またもや気になることを口にした。彼女にはストーカーのような「変な男」がいたらしいのだ。

それを聞いて、千秋ははっとした。自分が愛を得られないのは、相手の資質の問題なのではないかと気づいたのだ。人を愛し抜くには、それなりの気力と体力を要する。千秋が今まで知り合った人々の多くはその器ではなかったということだ。

しかし、適性のある人間は間違いなくこの世に存在する。たとえば、萌香の言及した男などはそうなのではないか。彼女が望んでいないにもかかわらず、彼女の動向を把握し、メッセージを送り続けているのだから。

そんなことを考えていた矢先、訃報が届いた。息が止まるほどの衝撃を千秋は受けた。

あの男が萌香を殺した。

殺した。

その行為は愛の完成形といってよかった。相手へ全神経が集中した結果だ。犯人は身のうちの激しい愛に煽《あお》られて、日本で最も重い刑罰が科される可能性のある犯罪行為にまでためらわず進んでいった。

千秋は確信した。彼のような人間なら、自分が満足する量の愛情を注いでくれるに違いない。彼が自分の運命の人だ。

そこで千秋は犯人捜しを始めた。彼と出会い、彼に愛してもらうために。

無論、萌香のように殺される気はないが、その寸前まで深く愛されたい。萌香がいなくなってしまったのだから、彼の方も新たな愛の対象を求めているはずだ。

趣味でもないのに萌香の格好を真似たのは、相手の好みを尊重した結果だった。自分を殺す必要はないだろうが、いわゆるモテる努力はすべきだ。彼の目から見て好ましいと思われる外見を保たなければならない。

また、警察が捜査していることもあり、千秋は彼に一刻も早く出会って関係を築いておく必要があった。萌香を殺した犯人が判明しても、彼が塀の中に囚《とら》われてしまえば接触は難しくなる。逮捕されないのが一番だが、そうなる保証はないのでその前に愛を勝ち得ておきたい。

斜岡行きの電車に乗り込み、座席を確保すると、千秋は軽く伸びをした。慣れないバッグを持つと肩が凝る。

第一日目はまずまず順調にいったと思う。萌香の通夜で泣いていた男の身元は割れた。さらに、萌香のアルバイト先のコトリで気になる男性店員の存在も出てきた。次回以降は少しずつ彼らに積極的に接触し、萌香が殺された日のアリバイを確認していきたい。

犯人はどちらでも、あるいは二人以外の別人でもかまわない。自分を愛してくれさえすれば。それが実現した時、世界はどれほど輝くのだろう。自分の胸はどこまで熱を感じるのだろう。

車窓の中で動き始めた夕暮れの景色に向かって、千秋はほほえみを投げかけていた。

五

「何よそ見してんだ、この愚図」

飛んできた怒声に杏はびくりとした。

「人ごとのつもりか。ろくに契約も取れないくせに、いい度胸してるじゃねえか」

「すみません」

唾を飛ばしてくる部長に、杏は身を縮めて謝罪した。

会社では週に一度、始業時間前に朝礼がある。そこで成績の悪い社員は吊し上げにされる。管理職の居並ぶ前に呼び出され、さんざんに罵声を浴びせられるのだ。

もちろん、杏は未《いま》だ彼らを満足させられる成績を上げられていない。先ほど順番がきて、これ以上ないというほど扱《こ》き下ろされた。そこで、上司達の注意は逸《そ》れたと思って油断したのだ。

ただそれ以上に、杏は気になって仕方がなかった。またそろそろと目を右端に動かす。

そこには樹理がいた。電話がかかってきたらすぐに取れるように、自席近くに控えている。

今はさすがに俯いているが、杏は知っている。最近、彼女の視線がひとりに向けられがちなことを。杏はまた密《ひそ》かに視線を移した。今度は左やや前方。先輩の黒い頭が見えた。今週は珍しく成績が悪く、朝礼でも怒られていたが、相変わらず飄々《ひょうひょう》としている。

樹理と先輩。あの休業日以来、二人を目にすると、杏の胸に灰色の雲が湧き上がってくる。

杏は社内でさりげなく樹理の動向を窺《うかが》ってみた。彼女は忙しく立ち働いていたが、その合間合間に視線を営業部の奥へやることがわかった。そこには必ずといっていいほど先輩がいた。よく注意して見なければわからないほどのすばやい目の動きだったが、彼を意識しているとしか考えられなかった。先輩の方が樹理に目を向けることはほとんどなかったが、勤務中だという認識が強いだけかもしれない。

彼らの動きの何を見ても、杏はひとつの疑惑にとらわれた。たまらなくなり、昨夜、仕事の後に樹理を食事に誘った。樹理はまだ仕事が残っていたようだったが、快く応じてくれた。もともと今日は仕事をUSBメモリに保存して持ち帰る予定だったのだという。二人で退社し、何度か行ったことのある女性客の多いバルに入った。

勢いでたくさん注文した料理を前に、しばらくは仕事の愚痴を零《こぼ》すのがいつもの流れだ。だが、その夜に限っては杏は上の空だった。日頃はあれだけストレスに感じていたノルマや上司の小言の一切を忘れていた。ただ、話題がプライベートの方面に及んだ時に切り出す質問のことばかりを考えていた。

互いの一杯目のグラスが空になった頃、杏は潮時だと判断した。

「樹理さんって、付き合っている人いるんですか」

努めて何気ない調子で尋ねた。

入社して親しくなり始めた頃、同じ質問を樹理にしたことがある。樹理は笑って、いないと言っていた。

あれから数ヶ月。軽い興味本位だった当時とはまったく違う意味合いで、杏はその質問を口から押し出した。

樹理は先輩と付き合っているのではないか。

出入野で彼らを見かけた日から、杏の胸には細波《さざなみ》が立ち続けていた。

樹理がその日は家にいると自分に嘘をついていたことが、よけいに杏の疑いを深めた。社内恋愛は社員に知られないに越したことはない。何かと職場の人間関係がややこしくなる。ましてや、杏達の勤める職場は人権などないに等しい。疚《やま》しい事情などないものであっても、社員同士の交際が発覚すればどんな嫌がらせを受けるかわかったものではなかった。そのため、樹理は万全を期して杏にも先輩とのことを黙っているのではないか。彼女と先輩は同い年で、見た目も釣り合う。杏が目撃したのは二人が人目を忍んでデートをしているところだったのではないか。

直接問い質《ただ》す勇気はなかったので、婉曲《えんきょく》な表現を使って杏は樹理に疑問をぶつけた。息を殺して相手の返事を待つ。

杏に向かって、樹理はちょっと目を細めた。

「今はいないよ」

今は、か。意味深い。呼吸を止めたまま杏は考えた。たとえ、二人で出入野へ遊びに出かけていたとしても、まだ樹理と先輩は正式な交際関係にないのかもしれない。いわゆる友達以上恋人未満だ。そこで、

「じゃあ、好きな人はいるんですか」と、もう一歩踏み込んだ。

樹理は即答しなかった。長い前髪を指先で払い、耳にかけた。すっと視線が杏をすり抜け、その先を見つめた。

杏はちょっと後ろをふりかえった。そこは壁だった。杏と樹理のコートが掛けられているだけだ。

「ねえ」と、ささやくような樹理の声が杏の背中にかかった。

「誰かを見ながら息が苦しくなる感覚ってわかる？」

杏は後ろ向きに体を捻ったまま、前に戻せなくなった。そこにある樹理の顔と対面するのが怖かった。実質的に自身の恋心を肯定した彼女は、淡い恋の光に照らされてやわらかくほほえんでいるはずだった。それを自分の目で確かめる度胸がない。

仕方なく、しばらく自分の肩の汚れを払うふりをしながら壁に掛かったコートを見続けた。自分はベージュ、樹理はグレーのコートだった。

昨夜の光景を思い浮かべながら、ぼんやりと朝礼を眺めていた杏は、気づいた。出入野では、樹理は今までに見たことのない黒いコート姿だった。大事な人とのデートのために下ろしたのではないだろうか。

泥水を一気に飲み下したように胸がつかえた。もはや樹理の先輩への気持ちは疑いようがなかった。

いつもの大きなカーブにさしかかった車体が軋みながら傾いた。

杏は握った吊革《つりかわ》に体重をかけ、むくんだ足にかかる負担を少しでも減らそうとした。外回りを終えて会社へ戻る電車の中はそこそこ込み合っている。

今日も契約は一件も取れていない。まだ仕事の要領が摑めていない上に、気がかりがあっては捗《はかど》るはずもなかった。

杏の脳裏には常に樹理の姿がちらついていた。電車の小刻みの振動にも眠気を誘われない。

樹理のことは好きだ。新入りの自分を気にかけてくれて感謝もしている。だが、その彼女が先輩と付き合うようになったとしたら。杏の心臓はずきずきと痛んだ。二人の関係を知りながら同じ職場で働き続けるのはつらすぎる。

小さく名前を呼ばれた。ふりかえった杏は、肩を跳ね上げて背筋を伸ばした。

「お疲れ」

先輩が立っていた。営業用のパンフレットの詰まった鞄《かばん》を提げている。

当事者の突然の出現に、杏はつっかえがちに挨拶を返した。帰社の際に同じ電車に乗り合わせたのは初めてだった。杏を見つけて、わざわざ先輩の方から声をかけてきてくれたのだ。

「今日はどうだった？」

給湯室より距離が近い。先輩の顔がすべすべしていて、髭《ひげ》の剃《そ》り跡がほとんどないのがわかるほどだ。杏は自分の頬が真っ赤になっていないか心配だった。うれしいのだが、何を話していいのかわからない。今日結んだ契約の有無を確認し合うと、二人の間に沈黙が降りた。

杏は焦った。つまらない人間だと思われたくない。とっさに、目の端に入ったものを話題にした。

「あの赤ちゃん、かわいいですね」

杏につられて先輩が優先席の方へ目を向けた。そこには、赤ん坊を抱いた母親の姿があった。小声であやす母親の腕の中で、赤ん坊は機嫌よくにこにこしている。

「ああ、本当だ」

先輩も目を細めた。

「いいですね、ああいうの」

先輩と並んで赤ん坊を眺めていると、杏の胸から焦りや緊張が消え、温かさが滲んできた。あー、わー、とたまに意味のない言葉を発しているのがまたかわいい。

「あの赤ちゃん、幸せそう。お母さんにすごく愛されてる感じがする」

「そうかな」

予想外の返事に、杏は先輩に視線を戻した。

先輩はじっと赤ん坊を見つめ、

「俺、そういうの、あまりわからないんだ。親との関係がそんなによくなかったから」

つぶやくようにいった。

杏は後ろから心臓を握られた気がした。

透き通った先輩の目はひどく哀しげだった。

この人は。杏はその横顔から目が離せなくなった。この人は、自分と同じような経験をした人なのかもしれない。何もなかった人間にはない色が、先輩には灯《とも》っていた。

夜の水底のような暗さが。

唐突に、驚くほどの鮮明さをもって、杏の耳にあの声が蘇《よみがえ》ってきた。

――愚図な子だね。だから全部とられちゃうんだよ。

子どもの頃、何百回と聞いた親の声だった。

いや。杏は頭の中で映画のように再生されようとする記憶を止めた。自分はそこまで大した経験をしたわけではない。先輩の方がもっと深刻な子ども時代を過ごしたのではないか。それでも、いや、だからこの人は優しいのだ。

じいんと心臓の奥から痺《しび》れが広がった。憧れを多分に含んだ恋心以上のものが溢れてくる。

ああ、先輩が好きだ。

泣きたいくらいに、杏は思った。偶然見つけてしまったこの透き通った双眸《そうぼう》を、もう忘れることはできない。ずっとそばにいたい。

杏が改めて自身の本心を摑んだ瞬間だった。

だが、先輩はもうじき他の人のものになるかもしれないのだ。

首筋に冷たい可能性が突き刺さってきた。杏はふいに線路を這う電車の動きを生々しく感じた。樹理の待つ会社が近づいてくる。

六

とんとんと弾みをつけて千秋は階段を上る。

今日選んだのはピンクのワンピースだ。千秋が最後に会った時に萌香が着ていたものだった。それに同色のチャンキーヒールのパンプスを合わせた。普段使っているローファーでも問題はなかったのだが、より萌香の姿に近づくために先日買い足した。求める相手の見当がついていれば、自然と気合いも入るというものだ。

階段を上り、突きあたりにあるドアを千秋は開けた。慌ただしい旋律が耳に雪崩《なだ》れ込んでくる。千秋は後ろ手で静かにドアを閉めた。

ピアノサークルの部室にいたのはひとりだけだった。部屋の面積の大部分を占める黒のグランドピアノを弾いている。その背中の形を見て、千秋はあたりを確信した。演奏者の顔がよく見える位置に、そろそろと移動する。

すると、相手も千秋に気づいたようだった。一瞬、曲が途切れたが、次には再開した。一度だけミスタッチをしたが、後は流れるように鍵盤を叩《たた》き続ける。千秋は部屋の隅のパイプ椅子に腰掛け、彼の上下する尖《とが》った肩を眺めた。

唐突な印象を残して曲が終わり、部屋が静かになった。

千秋は小さく手を叩いた。ぱちぱちという音に、緩慢な動作で相手がふりかえる。

「……千秋さん、だったね」

「はい。こんにちは、小野寺さん」

名前を覚えていてくれたことに浮き立ちながら、千秋は挨拶した。

「革命のエチュードですね」

彼がショパンが好きだと聞いて頭に叩き込んだ、にわか仕込みの知識を口にする。

「私も好きな曲なんです。このまま聴いていていいですか」

小野寺の目を直視した。自分も強く見返してほしい。が、彼はすぐに千秋から視線を逸らした。

「いや、今日はこれで終わるよ」

ピアノの椅子から腰を浮かそうとする。

「じゃあ、この曲について教えてもらえませんか」

千秋は畳みかけた。

「私、音楽的な知識は全然ないんです。ただ、いい曲だなと思って聴いていただけで。この曲がどういう経緯でつくられて、どんな特徴があるのか、よかったら教えてください。おすすめのピアニストなんかも。きっと小野寺さんなら詳しいですよね」

小野寺の動きが止まった。眉が寄り、唇が歪みかける。

千秋は皮膚がぞくりとした。自然と口元が綻《ほころ》ぶ。

必ずふりむかせてみせる。

彼が萌香を殺した公算が高いのだから。

休みごとに萌香の大学に通いながら、千秋は密かに彼女の交友関係を探っていた。

手始めに、入部したピアノサークルに所属する男子学生達から検討していくことにした。一番気になったのは、やはりこの小野寺という男だ。

萌香の通夜にひとりで訪れていた彼は薬学部の四年生だった。それ以上の情報はサークルの定例ミーティングからは窺えなかった。そこで、千秋はサークルの女子学生達から聞き出すことにした。彼女達の中でも特に萌香と同学年の三年生と仲良くなり、ミーティングの後、大学近くのカフェで一緒にお茶をした。近況報告などがひと通り終わった後、サークルや学部のいろいろな噂が話題に上り始めた時に、さりげなく質問を投げかけた。

「小野寺さんって、彼女がいるの？」

すると、ふいに店内のＢＧＭが耳についた。彼女達が一斉に黙ったのだ。

ややあって、

「千秋さん、あの人のことが気になっているの？」

ひとりが慎重な口振りで確かめてきた。茶髪のサークルの代表だ。

「そんなに真剣に聞いたわけじゃないよ」と千秋ははぐらかした。

「ただサークルの中でちょっとかっこいいなって思っただけで」

「それならいいんだけど」

「やっぱり彼女がいるんだ？」

「ううん、いるわけじゃないんだけれど、性格的にちょっと」

これは何かわけがありそうだ。千秋は無邪気さを装って、言葉を濁す代表に切り込んだ。

「どういうことですか」

代表はほかの女子学生達を見回した。無言の同意があったらしく、口を開く。

「彼はある人にご執心だから」

「好きな人がいるってこと？」

「正確に言うと、今はもういないから、ご執心だったというべきかな。彼女、亡くなったの。その、不慮の事故で。実はうちのサークルのメンバーだったんだけど」

千秋は膝の上の手に力がこもるのを感じた。不慮の事故で亡くなったサークルのメンバーが萌香であることは明白だった。

「小野寺さん、彼女と付き合いたがっていて、何度も告白していたの」

代表はいっそう言いにくそうにした。

「彼女の方は小野寺さんには興味がなくて、断っていた。それなのに、彼は諦めようとしなくて」

「そう。彼女の方が困ってた」

別の女子学生も口を挟んだ。

彼女達の証言によれば、小野寺は去年の夏頃に萌香に付き合ってほしいと告白したらしい。萌香は初めから断っていたそうだが、小野寺は彼女に執着し、何度振られても交際を申し込み続けた。

「あの子も人がいいから、小野寺さんを前にすると強く言えなくなるらしくて。来てくれ、会ってくれって頼まれるたびに、萌香は彼に付き合ってあげてた」

こう言ってから、女子学生は「あ」という形に口を開けた。うっかり萌香の名前を出してしまったからだろう。千秋は気づかなかったふりをした。萌香のことよりも、小野寺への興味が加速度的に増してきていた。彼が萌香のストーカーと化していた可能性は大いにある。

「小野寺さんはその彼女のことがすごく好きだったんですね」

「というか、粘着質なんじゃない？　今年に入ってからは特に、彼女を見る目が何か怖かったもん。だから、彼はやめた方がいいと思う」

「そうだったんですか」

昂揚《こうよう》を隠すために、千秋は意識して声の調子を落とさなければならなかった。萌香との交際の難航に、通夜での台詞。そして、初めて千秋を見た時のかすかな反応。やはり、自分の見立ては外れていなかったのではないか。あの冷ややかな目の奥にある小野寺の資質を確信し始めていた。

彼の心理は想像するにかたくない。サークルで知り合ったことで、小野寺の中では恋が芽生え、萌香への愛情が極度に凝縮されていったのだろう。しかし、個人の好みの問題か、彼女はその愛を拒絶した。小野寺にしてみれば到底、呑《の》める話ではない。むしろ、拒まれたことによって愛は煽られただろう。そうして、萌香が千秋にストーカーと口走ったほどの行為を経て、最終的に彼女の殺害に至った。このように解釈すれば筋は通る。

ほとんど一方通行とさえいえる愛だ。千秋は改めて萌香がうらやましくなった。

恋人の殺害によって小野寺の愛は一応の完結をみたわけだが、現在も彼は苦しみのただ中にいるだろう。自ら手を下したとはいえ、萌香という愛する対象を失ってしまった喪失感にとらわれているはずだ。

その心の空洞を、自分なら埋めてあげることができる。

サークルの女子学生達の話を聞いて、千秋はまずは小野寺を犯人と見なすことにした。萌香を真似た姿で気を引き、少しずつ彼と距離を詰め、できるだけ一緒に時を過ごす。相手との関係の土台づくりだ。そうして最終的に、小野寺が本音を晒《さら》し、自分を愛してくれるようになる形に持ち込みたい。

ことは早急に運ばなければならない。素人目にも怪しい立場にある萌香の知人男性を、事件を捜査中の警察が見逃しているはずがない。彼はすでに事情聴取を何度も受けているかもしれなかった。逮捕あるいは任意同行される前に段取りをつけなければ。

千秋は次のミーティングの後、早々に席を立つ小野寺をこっそり追いかけた。そして、サークルの面々の目の届かないところで声をかけた。千秋は萌香の口調を思い出しながら自己紹介し、この大学の科目履修生になったばかりなので、構内を案内してもらえないだろうかと頼んだ。

小野寺はあっさりと千秋の頼みを聞き入れてくれた。口数は少ないながらも、さっそく一時間ほど一緒に学内を回ってくれたのだ。

滑り出しは上々だと千秋は感じた。サークルに所属しているからには、入りたての新人には親身に接しなければならない。だが、小野寺が頼みを断らなかったのは、死んだ恋人の格好をした自分に興味を持ったからではないかと千秋は期待した。案内をしてくれる間に、彼は時おり自分に鋭い一瞥《いちべつ》を投げかけてきた。現時点ではただ自分の姿を萌香に重ねているだけかもしれないが。それ以上の感情を彼から引き出したい。

千秋は小野寺とさらなる接触を図った。今日、まっすぐに部室に向かったのは、彼がそこでよくピアノの練習をしているという情報を聞きつけたからだ。六年制の薬学部に通う小野寺は就職活動がまだ先で、時間に余裕があるらしい。

狙い通り、千秋は部室で彼と二人きりになることができた。ピアノにまったく興味はないが、会話を続けるために演奏曲の講釈を求めた。

「お願いできませんか、小野寺さん」

千秋は小さく呼びかけた。そうして、相手の反応を見守った。

一瞬、小野寺の表情筋が動き、そこから何かの色が覗くかと思われた。千秋は息を凝らした。が、

「ごめん」

やはり彼の顔と声は平板だった。

「これから講義があるんだ」

ゆっくりとした口調で告げた。

「そうですか」

千秋は膝から力が抜けた。

「じゃあまたの機会に」

千秋の言葉に小野寺は軽く頷き、足早に部屋を出ていった。

意中の人がいなくなった部屋の中では、グランドピアノだけがやけに大きく見えた。知らず知らずのうちに千秋はためいきを落としていた。

隙のない男という印象だった。小野寺の感情の防御を破るために、千秋はかなり厚かましく接しているのだが、まだはっきりとした効果を上げるには至っていない。拒絶や無視はせず、親切に接してくれるものの、自分への対応に熱を感じない。

相手のあまりの反応の薄さに、千秋は自分が見当違いをしているのではないかという気さえしてきた。本当に小野寺は萌香を殺すほどの激しい愛情を持った人間なのか。別に彼が犯人である確たる証拠を摑んでいるわけではないのだ。

自信が減少すると視線が下がる。それで、千秋は床に赤いものを発見した。ちょうどグランドピアノの手前、小野寺がさっきまで座っていた足下だ。何だろう。千秋は近づいて覗き込んだ。

ぐちゃぐちゃにつぶされたバラの花だった。

全部で十輪くらいだろうか、ほとんど原形をとどめていないので正確な数はわからない。

窓際に目をやった。そこに置かれた花瓶は空だった。先日見かけた、農学部から譲り受けたという花がない。

何があったかは明らかだった。バラを踏みつぶしながら小野寺はピアノを弾いていたのだ。

千秋は改めて確信した。萌香を殺したのは小野寺だ。千々に散らされた赤い花弁が彼の本性を物語っていた。その花が美しかったから、踏みしだきたかったのだ。恋人に対する心理も同じはずだ。

しかも。千秋の身のうちで病のように熱が上がっていく。今まで観察した中では、小野寺には社会性があった。萌香の件を含め、法的な犯罪にも繋がってしまう本性を見せないようにしてきたのだろう。その彼が、無惨に破壊したバラを片づけず、部室の床に放置したまま出ていった。サークルのメンバーが目にしたらどう思われるか、なぜ今回に限って危惧しなかったのだろうか。

無表情を保ちながらも、小野寺は千秋を前に動揺していたのだ。だから、バラの始末に思いが及ばなかった。それだけ千秋を意識していたといえる。千秋への特別な感情が育ってきているのだ。

千秋は床に膝をつき、花弁のかけらを拾い上げた。強い香りが鼻腔《びこう》に差し込んでくる。

七

七時間後、千秋が大学を出た頃には、すっかり日は沈んでいた。

再び小野寺を捕まえるのに意外と手間取り、こんな時間になってしまった。小野寺の本心を確かめた千秋はちょっと舞い上がってしまった。それで部室のバラの残骸を片づけた後、もう少し学内にとどまることにした。また次の休日までここには来られないのだ。相手が気になっているうちに自分の印象を強くしておきたい。

千秋は薬学部のカリキュラムなどをもとに、小野寺の講義のだいたいの時間割を把握した。そうして、彼の受講が終わるまで待ち、講義室から出てきた彼に偶然を装って声をかけた。その際、立ち話をするだけでなく、夕食にも誘った。一緒に同じものを食べれば親密度は深まるだろう。

夜道を歩きながら、千秋はその時の彼の様子を思い返した。演奏曲の講釈と同じように、彼は千秋の食事の誘いを用事があるからと断った。依然、他人行儀な口調を崩さなかったが、千秋に目を据える時間はわずかに長くなった気がした。自分の作戦は方向を違《たが》えていない、と千秋は自信を深めた。小野寺の上っ面が剝がれるのは時間の問題だろう。この後、どれくらい顔を合わせれば萌香と同じように接してくれるだろうか。期待は高まり、靴擦れも気にならず足取りが軽くなる。

このままっすぐ斜岡に帰宅しても遅い時間になるが、千秋はさらに寄り道をすることにした。駅裏の純喫茶コトリを訪ねる。

昼間と違って店は空《す》いており、並ばずに席に着くことができた。店員もすぐにやってくる。

「千秋ちゃん、いらっしゃい」とにっこりするのは、ポニーテールの女性店員、奈央《なお》だ。今や二人は互いにちゃん付けで呼び合う仲だった。

「榊《さかき》さん、いる？」

千秋は小声で尋ねた。

「もちろん。今、手が空いてるから呼んできてあげる。彼に注文するといいよ」

奈央はやたらいそいそと厨房に入っていった。千秋はその入り口の方を眺めていたが、なかなか目あての人物は出てこない。たっぷり五分ほど経った後、ようやくメニューを持った黒い人影が現れた。

「いらっしゃいませ」

棒読みで千秋のテーブルにメニューを置く。千秋を見下ろす眼光は、刃物の切っ先のように攻撃的だ。

千秋は自然と笑顔になっていた。

「榊さん、こんばんは」

初めて来店した時、千秋に「キモいんだよ」と暴言を吐いた男性店員だった。名前は奈央が教えてくれた。

千秋の挨拶に、彼の口元がいっそう憎々しげに歪む。

「ご注文は？」

「榊さんのおすすめは何ですか」と千秋は聞いてみた。別に何を頼むか迷っているわけでなく、相手との会話を引き延ばすためだ。

すると、榊の目じりが緩やかな傾斜を描いた。彼が千秋の前で笑みらしきものを浮かべたのは初めてだった。

「ブレンド十杯」

明らかな嫌がらせ、または挑発だ。ひとりが飲める量ではないし、支払いは五千円を超える。千秋は声を弾ませた。

「じゃあそれください」

ちょっと間が空いた。榊は千秋が自分の提案を受け入れてくれるとは思っていなかったらしい。積極的な割に、案外自信がない。ややあって、

「かしこまりました」

必要以上に丁寧なもの言いでテーブルの上からメニューを取り上げた。くるりと体の向きを変え、厨房に向かう。

千秋は首を伸ばし、榊の横顔を注視した。仕事中の彼は、客に聞こえないようにひとりごとを言う癖がある。それは厨房に入る直前であることが多い。案の定、今回も口が小さく動いた。千秋は自己流の読唇術でその声なき言葉を解読した。死ねよ、と読めた。

「今日はどうだった?」

榊と入れ違いで、再び奈央がやってきた。千秋は芝居がかった仕草でテーブルの上で指を組み合わせた。

「相変わらず最高」

「重症だね」

奈央はきゃはは、と笑い声を上げた。

「あの人、私はあんまりお勧めしないけどね」

小野寺に会うために出入野に出向くたびに、千秋は必ずコトリにも訪れていた。目的はもちろん榊だ。ただ、深い意味はない。

初対面であからさまな好意を示した彼に、千秋は驚くと同時に期待した。なぜ彼が言葉を交わす前の段階から自分に目をつけてきたのか。自分の萌香を模した格好が気になったからだとすれば、彼が彼女を殺した犯人だという可能性は十分にある。

なぜなら、コトリではよほど注意深くなければ千秋の服装の意図には気づけないはずだからだ。

その洋風かつレトロな佇《たたず》まいから、コトリは少女趣味を持つ人々に人気がある。店内で写真を撮るためにゴスロリなどの気合いの入った格好で訪れる女性客も多い。店員の制服も大正時代をイメージしたものらしい。つまり、コトリでは萌香のような格好はありふれており、千秋の姿もさして目立っていなかったはずだ。そこに萌香のファッションの要素を見つけ出すのは、よほど彼女のことに詳しくないと難しいだろう。

しかし、実際は榊は千秋に過敏に反応した。

萌香はコトリでアルバイトとして働いていた。榊は彼女を同じ職場の人間以上の意識で見ていたのではないか。

SNSで探った限りでは、殺害された当時、萌香に交際相手がいた形跡はない。とすると、彼は萌香に密かに思いを寄せていたのか。それで愛情が抑えきれなくなるというのは、ありそうな話だ。

千秋は大学と同時進行でコトリでも偵察を開始した。店に通って店員の奈央と仲良くなり、密かに彼女を協力者に仕立て上げた。その上で、自分に冷たくあたる男性店員のことを尋ねた。

奈央は千秋が彼に惚《ほ》れていると思ったらしい。榊という彼の名前のほかにもいろいろ教えてくれた。

彼はコトリの正社員で、年は二十五。アルバイトを指導する立場にあり、今のところ交際相手はいないようだ。

なかなか有力な容疑者だと千秋は思ったが、奈央の証言によって嫌疑は早々に晴れた。榊にはアリバイがあったのだ。

店は榊とオーナー、奈央を含めた数人の学生アルバイトで回している。勤務はシフト制だが、社員の出勤日は曜日でほぼ固定されているらしい。千秋がさりげなく萌香が殺された曜日を確かめてみたところ、榊の勤務日にあたっていた。しかも遅番で、仕事を終えた後にあの現場に赴き、萌香を襲撃するのは時間的に不可能だった。

空振りか、と千秋は思ったものの、焦りは感じなかった。すでに小野寺を見つけており、しかも彼の容疑が濃厚だったからだ。犯人捜しという観点からは、コトリに通う必要はなくなった。学生アルバイトは全員女性だった。オーナーは男性だがかなりの高齢で、彼に人を殺す体力があるとは考えにくい。今後は大学の小野寺一本に狙いを絞った方が効率的だった。

それにもかかわらず、千秋はコトリに足を運び続けていた。

「お待たせしました」

榊が両腕に器用に十のコーヒーカップを載せて運んできた。それをずらりと千秋のテーブルに並べ、「ごゆっくり」というマニュアルの文句は省いて踵《きびす》を返す。独特の緊張を放つその背中を千秋は眺める。

三角関係というべきか。

千秋の目的は、あくまでも萌香を殺した犯人に愛されることだ。生半可な愛情では満足できないし、そのために小野寺に近づいている。榊には愛情のあまり相手を殺すまでの根性はないに違いない。だが、自分に好意を向けてくれていることは確かだった。

榊はその姿を萌香に重ねたわけではなく、本能的に千秋に惹かれてしまったのではないだろうか。理屈で説明できない一目惚れだ。千秋も出会ったその日に面罵されたのは初めてで、それだけに劇的な印象を受けた。以降の彼はさすがに暴言は控えるようになったが、常に千秋を睨《にら》みつけていた。意中の相手ではなかったとはいえ、これほど直球の愛情を示されるのは気分がいい。そこでついつい榊の顔が見たくなってしまうのだった。相手の気持ちをもてあそぶつもりはないのだが。

千秋は手前のコーヒーカップから手をつけた。せっかく榊が勧めてくれたのだから、すべて飲み干すつもりだった。

薄いカップに口をつける。口腔を中心に、深い香りと苦みが広がった。オーナーのこだわりを感じさせるいい味だ。が、大量消費するものではない。

三杯目に取りかかった頃から、千秋は胃もたれを覚え始めた。カフェインの過剰摂取で今夜はきっと眠れないだろう。榊の意図がはっきりと察せられた。遠回しな愛情表現を試みたのだろう。売り物のコーヒーを使って体の内側から千秋を痛めつけているつもりらしい。その上、大量の喫茶を強いることで千秋の店の滞在を長引かせることができる。地味な方法だが、店員という立場上、榊は個人的に客の千秋に構うことができないからだろう。なかなかいじらしいところがある。

胃の泣訴に逆らい、千秋は勢いでコーヒーを飲み干す。自分の望んでいた相手が見つかり、さらに別の人間からもアプローチされる。自分にこれほど張り合いのある日々が訪れようとは。

胃もたれとともに増してきた腹部の膨満感と戦いながら、六杯目のコーヒーカップに手を伸ばした時だった。

「ここ、いいですか」

テーブルの向かいに影ができた。

「はい」と何気なく返事をしてから、千秋はその不自然さに気づいた。店内は空いている。それにもかかわらず、目の前の客が相席を求めていた。

「あなたと少しお話ししたいんです」

千秋の疑問に先回りするように相手は言った。グレーのスーツを着た男だった。年は千秋と同じくらいか。眺めているうちに、見覚えがあると思った。千秋が初めてコトリを訪れた時に来ていた客だ。席の順番待ちをしていた千秋が榊に絡まれたところに介入してきた邪魔者。

彼が自分に何の用だろうか。まさかナンパではあるまい。千秋はそろそろと声を出した。

「何でしょうか」

「あなた、萌香を殺した犯人を捜しているんじゃないですか」

飲み干したはずのコーヒーが固形物のように喉に詰まった。

「あたっているようですね」

男が向かいに腰を下ろす。手にはコーヒーカップを載せたソーサーを持っていた。自席から移動してきたらしい。

千秋は相手からの強い視線を感じた。何のことですかと、しらばっくれた方がいいのかもしれない。だが、いきなり自分の意図を見抜いてきたこの男の素性が気になる。そこで会話を続けることにした。

「何でそう思うんですか」

「その格好を見れば、あなたと萌香に繋がりのあったことはわかります。しかも、萌香のアルバイトしていた店で、店員にやたらに絡んでいる。無理に大量のコーヒーを注文してまで話を聞き出そうとしている。民間人でありながら事件についての聞き込みをしていると解釈をしてもおかしくないでしょう?」

「あなたは……?」

「こういう者です」

男は名刺を差し出してきた。城下《じょうした》という名前らしい。さる企業の営業部に所属しているらしいが、千秋が知りたいのはそういうことではない。

名刺から顔を上げた千秋に、

「俺、前に萌香と付き合ってたんです」と城下は告げた。

それで、自分の服装から萌香との繋がりを見抜けたのか。千秋はにわかに彼のことが気になり始めた。小野寺にほぼ確定しているとはいえ、新たな容疑者の出現だ。この穏やかな語り口の奥に、案外情熱が潜んでいるのかもしれない。

期待が顔つきに出てしまったのだろうか。

「ああ、俺を疑わないでください」と、城下は千秋に向かって小さく手を振った。

「事件のあった晩、俺にはアリバイがあります。出張で北海道にいたんです」

スマートフォンを取り出して操作し、画面を千秋に見せる。空港で撮ったらしい、搭乗開始を伝える電光掲示板の写真だった。札幌行きの午前便だ。さらに、画面をスワイプして、北海道とおぼしき街並みや夜景の写真も表示させる。写真の日付は確かに萌香の殺された日だった。

「この名刺の番号に電話して会社に出張のことを確認してもらってもかまいません」

犯人ではないのか。興奮は一瞬で千秋の中から過ぎ去った。結局、なぜこの男は自分に声をかけてきたのか。

「あなたと腹を割って話したいんです」

やわらかな曲線を描いていた城下の眉が、すっと一直線に伸びる。

「俺はあなたと同じように、萌香を殺した犯人を捜しているから」

千秋はしばし絶句した。

これはまた面倒なのが出てきた。

千秋は城下と一緒にコトリを出た。場所を変える必要があった。

会計をしてくれたのが奈央だったので、少し残念だった。城下と二人で出ていく姿を榊が見れば嫉妬したに違いないが、折り悪しく彼は厨房に引っ込んでいたのだ。

千秋は城下と駅前のチェーン店のカフェに入った。すでに体いっぱいにコーヒーが溜《た》まっていたが、仕方なくまた飲み物を頼む。

改めて向き合った城下に、千秋は名乗った。その時の相手の反応で、萌香が彼に千秋の存在を話していなかったことが窺えた。そこで、萌香とはインターネットを通じて知り合った趣味の仲間だったのだと説明した。出身など自分の情報をあまり明かしたくなかった。犯人捜しのそれらしい動機もその場で適当に創作する。

「萌香は妹みたいな存在でした。殺されたのが信じられません。犯人がまだ捕まっていないと聞いて、何だか居ても立ってもいられなくなって、動き回っているんです。休日だけですけど。城下さんはどうして犯人を捜しているんですか」

自分の話は早々に切り上げて、水を向ける。

「元彼でしかないのにって？」

城下は皮肉っぽく片頬を歪めた。

有り体にいえばそうだ。千秋のような犯人に対する強烈な願望のない限り、なかなか自力で殺人犯を捜そうとは考えないだろう。城下にとって被害者は家族などではなく、すでに別の恋人がいたかもしれない赤の他人なのだ。

「萌香が忘れられないからです。それに、俺達には未来があった」

千秋は目で続きを促した。

「萌香とは二年半前に出会いました。俺は新卒で就職したばかりでした」

城下は外回りの仕事中、休憩でコトリを訪れ、そこでアルバイトをしていた萌香と出会った。すぐに意気投合し、付き合いが始まった。城下は会社員、萌香は学生で生活リズムは違ったが、互いの休みを合わせてあちこちに遊びにいった。

萌香と観た映画のタイトルや一日で巡ったカフェの数、テーマパークで苦手なジェットコースターに初めて乗った時の萌香の反応。一度口に出すと弾みがついたらしく、城下は次々と思い出を語った。

「萌香は俺とどこに行っても楽しそうにしてくれました。あんないい子、いませんよ。でも、あの時の俺はそれをちゃんと理解できていなかった」

付き合い始めて一年後、唐突に二人は破局を迎えることになる。

「忘れもしません。二人で花見に行った時、俺が酒に酔って悪ふざけしたんです。それで萌香はすっかり怒ってしまって。彼女、けっこうまじめなんですよね。俺も謝ればいいものを、何だか意地になって喧嘩して、別れてしまったんです。あの頃、俺は仕事のストレスでずっと苛々《いらいら》していました。うちの会社、徹底的な成果主義なんで。だから喧嘩の始まる前から俺は不機嫌で、それが萌香にも伝わっていたと思います。花見の件で彼女は俺に愛想を尽かしたんでしょうね。俺も仕事がいっぱいいっぱいで、別れた後も関係を修復する心の余裕がありませんでした」

そうして、二人の関係が途絶えてから一年近くが経過した。城下は何かにつけ萌香のことを思い出すようになっていた。その頃には仕事のスランプも乗り越えており、当時について落ち着いて考え直すことができた。自分に非があるのは明らかだった。同時に、自分の萌香を思う気持ちが消えていないことに気づいた。復縁できるかどうかは別として、まずは萌香に謝りたいと思った。

今から一月ほど前、城下は久々に萌香に連絡を取った。会う約束をして顔を合わせるなり謝罪すると、萌香はさっぱりと水に流してくれた。城下はますます彼女への思いが募り、もう一度やり直したいと告げた。だが、萌香は首を横に振った。

「ある問題を抱えているから、今はできないと言われました」

城下の視線が落ちる。

「付き合っている人がいるのかと思ったんですが、そうでもないようでした。何度聞いても、話してくれなかったので、彼女が何を抱えているのかはわかりませんでした」

今の千秋なら推測がつく。萌香の問題とは、交際を巡って小野寺と揉めていたことだろう。

「彼女が俺を遠ざけるために出まかせを言っているわけじゃないことはわかりました。嘘をつくような子じゃありませんから。だから、俺は待つと言ったんです。問題が片づいたら、俺のことを考えてほしいと」

城下は自分はいつまでも待つと誓った。すると、彼女はほほえんでこう言ったのだという。

「ありがとう、って。それで彼女の自分への気持ちがわかりました。俺は幸せでした。たとえ時間がかかろうと、待つくらい何でもなかった」

しかし、城下の期待は思いがけない形で破られた。彼は萌香の死をテレビのニュースで知ったという。彼女と過ごす未来は待ち時間のまま止められた。

「俺は犯人が許せない」

城下の声が低くなった。

「萌香は人の気持ちに寄り添う子です。誰かに恨まれていたはずがありません。彼女がストーカーにつきまとわれていたらしいことは報道で知りました。きっと犯人は勝手に好きになって逆恨みしたに決まっている。そんなやつが今、社会で野放しになっているのはどうしても許せないんです」

「それでひとりで犯人を捜しているんですね」

千秋は城下の気持ちを総括した。まあ、ありそうな話だ。

「それで、怪しい人間は見つかったんですか」と尋ねる。ここからが本題だ。

城下が事件をどう感じるかは本人の勝手だ。ただその結果、独自に犯人捜しをするとなれば、千秋にとって憂慮すべきライバルの出現といえる。彼に先を越されて見つけ出した犯人を警察に突き出されたりしてはたまらない。そこで、相手の捜査状況を探っておこうと考えたのだ。

千秋の問いかけに、城下は首を左右に振った。

「いえ。まだ動き始めたばかりなんです。まずは萌香の抱えていた問題が何かを探っているんですが、まったく摑めていません。とりあえず萌香と出会ったコトリに出かけてみて、萌香とかかわりのありそうなあなたを見つけたんです」

千秋は内心、胸を撫《な》で下ろす。調査は自分の方が先に進んでいるようだ。

「あなたの方はどうですか」

城下は千秋に向かって身を乗り出してきた。

「犯人の手がかりとか、そこまでいかなくても何か気になることとか、ありませんか」

「それが全然なんです」

千秋は静かに嘘をついた。

「私も城下さんと同じような状況です。萌香とは趣味の話しかしなかったから、問題を抱えていることも知らなかったし。さっきコトリで店員さんにも話しかけてみましたが、何も教えてもらえませんでした」

「じゃあ、何か手がかりが摑めたらまた教えてください。俺も今後、有力な情報が得られたらあなたに提供します。俺達の利害は一致しているんですから」

とんでもなかった。城下は気づいていないが、一致どころか、千秋と彼の利害は完全に相反している。犯人を見つけたいという思いこそ重なるが、その目的がまるで違うのだ。間違えても犯人の最有力候補である小野寺の情報など漏らせない。

千秋はそれを覆い隠して、

「そうですね」と応じた。

「連絡先を交換しましょう。私も萌香を殺した犯人が早く見つかってほしいんです」

ここは協力的なふりをして連絡を取り合い、これからも相手の進行状況を探るべきだろう。千秋の言葉に城下は頷き、テーブルの上のスマートフォンに手を伸ばす。

また忙しくなると千秋は思った。警察に加えてこの萌香の元恋人の城下。この二つを出し抜いて犯人に辿り着かなくてはならないのだから。


城下と別れた頃には、斜岡に戻る終電は出発していた。

今夜はここに留《とど》まり、明日の始発で出社するしかない。駅周辺のビジネスホテルを取る前に、千秋はまず国道を進んだ。荷物はトランクルームにまとめて置いてあるので、取ってこなければならない。

ところが、到着すると、再び駅前に戻るのが面倒になった。遅くまでいろいろな人間に接触して、疲れていた。そこで、千秋はこっそりトランクルームで一夜を明かしてしまうことにした。もちろん布団も空調設備もないが、人ひとり寝転べるくらいのスペースはあった。一晩くらいなら我慢できるし、宿泊費も浮かせられる。千秋はワンピースを脱いでハンガーに掛け、私服に着替えた。それから、コートを着込んで布団代わりにした。電気を消し、床に横たわる。

暗闇にぼんやりといくつものワンピースが浮かび上がった。すべてが萌香のものというわけではない。また、萌香の部屋から失敬した服は一度は洗濯している。それにもかかわらず、千秋は狭い空間に彼女の気配が満ちている気がした。

──あんないい子、いませんよ。

さっき城下から聞いた言葉が耳の奥で再生された。

いい子、か。

確かに、自分をちーちゃんと呼び、慕ってくる萌香は裏表のない近所の子だった。ピアノサークルのメンバーも萌香は人がいいと言っていた。おそらく、彼女のアルバイト先だったコトリの奈央に聞いても似たような返事が返ってくるのだろう。

だが実際、萌香はその通りの人間だったのか。

少なくとも城下は、元恋人を都合よく解釈しすぎているような気がした。彼は萌香の気持ちが自分に向いていたと信じている。しかし、何らかの問題を抱えていたので、すぐに交際を再開することができなかった。つまり、その決着さえつけば、萌香は自分のところに戻ってきてくれたはずだと。

ただ、第三者の目からすれば、萌香が二人の男性を手玉に取っていただけのようにも見える。千秋は萌香の問題というのが小野寺のことだと知っている。ピアノサークルのメンバーが言っていたように、その気になれば、萌香は小野寺の要求をきっぱり拒絶することはできたはずだ。それをずるずると引き延ばし、彼女は何度も小野寺の呼び出しに応じていたらしい。一方で元恋人の城下にもいい顔をする。かなり不実な態度といえるのではないだろうか。

萌香が小野寺との交際をやんわりと断り続けていたのは、彼の愛の重みに耐えきれなかったせいではなかったのかもしれない。実はそれを喜び、彼を焦らして楽しんでいただけだったのではないか。本気で断る気などなかった。

または、本当に小野寺に興味がなかったとしても、物理的に離れられない状況にあったのか。

指先にかすかな痛みが甦《よみがえ》った気がした。傷はとうに癒えているが、記憶が反応したのだ。

萌香の通夜のことを千秋は思い出した。

通夜振る舞いの時にこっそり萌香の部屋に侵入して、収納ケースから衣服を抜き取った。その際、指先に尖ったものが触れた。アクセサリーだろうと思ったが、確認すると違った。

ビニール袋に入った注射器だった。袋を突き破った注射針の先が千秋の指に刺さっていたのだ。

医療従事者でもない萌香が、なぜあのようなものを、しかも服の下に隠すように収納していたのか。

それに対して、思考が回転することはなかった。千秋は目を閉じた。興味がない。

千秋はただ、犯人から愛されたいのだ。

八

一応、仕事の区切りはついていた。

普段なら、こんな監獄のような職場からは一刻も早く出ていきたいところだ。だが、杏は自席でだらだらと書類整理をしていた。そうして、時おり目を監視対象の方へ走らせた。

樹理は帰り支度をしているところだった。パソコンからUSBメモリを抜き取ってポーチにしまい、デスク周りを簡単に片づける。それから書類片手に立ち上がり、バッグを肩に掛けた。デスクを離れ、そのままフロアを出ていくのかと思いきや、ひとりの社員の席に寄り道した。

「これ、お願いしますね」と書類を差し出す。

「ああ、ありがとう」

パソコン画面から顔を上げた先輩は樹理に笑顔を向けた。

杏は喉が干上がる感じがする。樹理が必要以上に先輩に声をかけているように見えるのは、自分の僻目《ひがめ》だろうか。

何やら先輩に説明している彼女の声は小さすぎてここからは聞き取れない。もしかすると仕事以外の内容かもしれなかった。応じる先輩がまた樹理に向かってほほえむ。

「お疲れさまです」

樹理は先輩と周囲に軽やかな挨拶を残して出ていった。

およそ五分後、今度は先輩が席を立ち、タイムカードを押した。杏の中で猜疑《さいぎ》が膨らんだ。あの二人はわざと少し時間差をつけて退勤したのではないか。後で落ち合うつもりかもしれない。杏もバッグを引き寄せて腰を浮かせた。

とはいえ、仕事帰りの二人を尾行する勇気はなかった。顔を知られているのですぐに気づかれてしまうだろう。だいたい、杏に刑事のような技術はない。彼女が社屋を出た頃には、すでに二人の姿は夜の暗がりに溶けてなくなっていた。

杏はひとりで夜道を歩いた。

とられたくない。

最近、杏の頭の中では常に叫びが渦巻いていた。先輩を、樹理にとられたくない。だが、どう考えても樹理の方が一歩進んでいた。二人が恋人同士になるのは時間の問題のように思えた。

先輩のためにこのひどい職場に居続けているのだから。今後、付き合う二人と同じ職場で働かなければならなくなるから。自分だけが孤独になるから。そうした理屈抜きに、先輩が誰かのものになることが耐えられなかった。ただ、好きだから耐えられなかった。

唯一の救いに見えるのは、まだ二人が正式な交際を開始していないらしいことだ。友達以上恋人未満の現時点なら打つ手があるはずだ。自分できちんと考えて、早急に策を講じるべきではないか。過去にさんざん親から言われてきたように。

——そうやってぼうっとしてるから駄目なんだよ、おまえは。ちゃっちゃと動きなよ。

ぶるっと震えが背中一面に走った。

そうだ、嫌というほどわかっている。何かが目の前にあるだけで、比較対象となってしまうことは。どれだけ明るい道を歩んでいても、先に進む人間がひとりいるだけで、自分の目の前には影が差してしまうのだ。

たとえば。

あまり思い出さないようにしていた子ども時代の記憶が脳裏に広がる。

当時は考えもしなかったが、親元を離れて暮らすようになってから、杏はその可能性に気づいた。あれは虐待の一種だったのではないかと。

杏の幼い頃から、彼女の両親は子育てに対してある信念があった。子どもに社会で生き抜く力を身につけさせるというものだ。競争力を養うために、子どもの食事や服は必要最低限のものしか用意しなかった。昼食ならパンが一個、冬に買い与えるコートは一着という具合だった。

彼らの家庭に子どもは二人いたにもかかわらずだ。

杏には年子の姉がいた。親から与えられるものはすべて、彼女との間で早い者勝ちだった。

子どもにとって一年の成長の差は大きい。すべての争奪戦において、杏は体格も知力も上回る姉に敗れた。服を姉に奪われて寒さに震え、おもちゃも取られ、空き腹を抱えてべそをかく杏を見ても、両親は自分達のルールを変えようとはしなかった。代わりに難詰した。

——ばかな子だね、とろいんだ、頭が悪い。

あの家庭で杏が飢え死にを免れたのは、炊飯器が五合炊きで、一度に多く炊かないとごはんがおいしくなかったからだ。子どものために一人前だけ用意されたおかずは、たいてい姉が食べてしまった。杏は家族が舌鼓を打つハンバーグやシチューの味を想像しながら、代わりに自分の茶碗《ちゃわん》に白米をよそった。

姉は決して意地悪な人ではなかった。普段の口調は優しく、泣いている杏をよく言葉で慰めてくれた。両親のように杏を非難することもなかった。だが、限られた物資を妹に譲ってくれたことは一度もなかった。ものの取り合いになった時は、力いっぱい杏を引っかき、突き飛ばして勝利した。仕方がないことだと杏も思っていた。自分は力が弱くて頭もよくないのだから。両親の言葉はすでにびっしり彼女の内側に張りついていた。

小学校に上がると、杏の生活はますます苦しいものになっていった。当然のようにランドセルは与えられなかった。すでに一年前に入学した姉が持っていたからだ。知力や腕力以上に、年の差はどうしようもなかった。杏は姉のお下がりのナップザックに教科書を詰めて学校に通った。ランドセルと同じ理由で絵の具セットも習字セットもリコーダーも買ってもらえなかった。そこで、それらが必要な授業のある時、杏は休み時間ごとに姉の教室に走って彼女から道具を借りた。だが、それも限界があった。また、リコーダーの共有は気持ちが悪いと貸し出しを拒否された。結果、杏には学校で異様に忘れ物が多い、だらしない児童だという認定が下された。担任の教員から報告を受けた両親は、また杏を叱った。

義務教育を終えた後、高校に進学することは何とかできた。家の近くにあったのが学費が無償化されている公立校だったからだ。ただし、中学もそうだったのだが、制服を手に入れるのに苦労した。すでに姉が同じ学校に通っているので、親からの支援は望めなかった。伝手《つて》を辿り、卒業生から教科書とともに譲り受けた。

しかし、それだけでは一般的な生徒と同じ生活をするのは難しかった。とにかく杏にはあらゆる資本がなかった。もちろん、ひとり分の小遣いも姉の財布にすべて吸収されていた。自動販売機のジュース一本買えないような状態では、友人と思うような付き合いはできなかった。また、姉が楽しそうに土産話を語っていた、二年次の北海道への修学旅行も絶望的だった。そこで資金を稼ぐためにアルバイトを始めようとしたが、みっともないことをするなと両親に禁じられた。愚図のおまえが人並みに働けるはずがないとも言われた。確かにそうだと杏自身も思った。

同級生達は総じて親切で、付き合いの悪い杏を仲間外れにすることもなかった。ただ、彼女達は常に、杏を貧しい子という目で見ていた。それを意識すると、杏は萎縮し、友人と一緒にいても少しも楽しくなかった。彼女はどこにいても視線を上げることができなかった。いつも背を丸め、俯いて歩いた。そのすぐ前を、実の姉が胸を張って進んでいるというのに。

杏と姉は名字が同じで同じ学校に通っていても、姉妹だと気づかれたことはほとんどなかった。顔立ちは似通っていても、纏《まと》う雰囲気が違っていた。声がよく通るので、姉の存在は遠くからでもわかった。彼女は毎朝セットするストレートアイロンでさらさらの髪をして、吹奏楽部の活動に励み、友人達と笑いさざめき、彼氏と出かけていた。杏はもううらやましいとも感じなかった。

姉が自分より先に生まれ、前を歩いていたこと。それが杏にとっては最大の障害であり、不運だった。

考えごとをしていても、足は勝手に家路を辿り、ご丁寧にその前に自宅近くの大型スーパーまで杏を運んでいた。今日は食材を買って帰らなければならなかった。買い物かごを腕にかけ、無意識のうちに安い品を探す。

今もあの時と同じではないだろうか。広い店内をさまよいながら思った。

両親の教育法は社会的には虐待だが、その主張は真理を衝《つ》いているともいえるのではないか。

自分と樹理。ろくに仕事もできず、一緒にいるとしり拭いばかりしなければいけない新人と、落ち着いて社員達を的確にサポートしてくれる同僚。しかも、樹理は美人で優しい。二つ並んで置かれたら、先輩はどちらを選びたくなるか、考えるまでもない。

それは、本人の努力などという問題ではない。そこにあること。自分の目の前に、少しでも優れた人間がいること。運命の行き着く先は、その現象の有無に尽きる。

それゆえに、世界は一瞬で反転することもある。

いつしか杏は食品売場から離れたところに来ていた。食べ物のにおいが遠ざかり、ほとんど感じられなくなる。金物のコーナーまで来ていた。

杏が高校二年生の夏のことだった。

その春、一家に伯父からの便りが届いた。ゴールデンウィークに父の実家に帰省するというものだった。

その時まで、杏は父に双子の兄がいることをほとんど意識していなかった。伯父は大学を中退して渡米し、以来日本に帰省することがなかったからだ。父が話題にすることもなかったので、彼が異国で何をしているかも知らなかった。

ゴールデンウィークに父の実家に現れた伯父は、アメリカで知り合って結婚したという日本人女性の妻を親族に紹介した。そして、彼は仕事を引退して帰国することになったと告げた。

どうやら彼はアメリカで起業し、成功を収めていたらしい。しかし、日本でのんびり暮らしたいという願望が年々強くなったようだ。そこで自社を売却して悠々自適に暮らせる資産をつくった。南方の島に家を買って移住の準備をし始めている。少ししたら生活が落ち着くはずなので、一家で遊びに来るといい。伯父はどことなく欧米人ふうの弾んだ調子で父に言った。彼にとって父は唯一の弟だった。

だが、父はそれを仕事を休めないとにべもなく断った。双子が疎遠な間柄だったのは、互いの居住地の距離だけが原因ではなかったようだ。今にして思えば、父も双子の兄と比較され続けて育ったのかもしれなかった。

父のそっけない返答に、伯父は気を悪くしたふうもなかった。仕事が忙しいなら、子ども達だけでも遊びにおいで、と姉と杏の方を見た。伯父の隣で義理の伯母も、ぜひいらっしゃいと声を弾ませた。私達には子どもがいないので、娘のいる生活というのを体験してみたいの、と。

行きたい、とすぐさま声を上げたのは姉だった。伯父夫婦と姉は航空券の手配や宿泊日数など、さっそく具体的な計画を立て始めた。訪問する時期は夏休みがいいだろうということになった。姉は高校三年生だったが、すでに学校からの推薦で進学する大学が決まっていたからだ。伯父夫婦と姉が声高に相談する様子を、杏は黙って眺めていた。

だから、夏休みに入る直前、伯父から当然のように航空券が二枚送られてきた時は、杏は面食らった。自分も招待されるとは思っていなかったのだ。最近では、姉とひとつのものを求めて争うことはなくなっていた。端《はな》から諦める癖がついていたのだ。この航空券も何かの間違いなのではないかと危ぶんだが、そこにはしっかりと杏の名前が印字されていた。それを見た両親も変な顔をしたが、何も言わなかった。別に彼らは杏の行動を阻害しているのではなかった。資本があるなら自分も姉と同じように旅行に行ってもいいのだ。杏は最後にいつ覚えたか思い出せないほどの胸の高鳴りを感じた。姉も一緒に行けることになってよかったね、と言った。

ところが、その言葉は実現しなかった。明日出発という時に、姉は高熱を出して寝込んでしまったからだ。

杏の方は元気だったので、ひとりで出発することになった。せっかくもらった航空券をふいにするのはもったいなかった。飛行機もひとり旅も初めてだったが、空港で出迎えてくれた伯父夫婦の顔を見ると、不思議と肩から緊張が抜けていった。

そこでの二日間は、杏の夢や妄想の中でさえ体験できないようなものだった。

伯父夫婦は杏が思っていた以上の資産家だった。リゾートホテルのような自宅に暮らし、新しいクルーザーも所有していた。彼らは毎日のように杏を観光やアクティビティに連れ出してくれた。

楽しいと同時に、驚くことばかりだった。伯父夫婦は何をするにも杏の意志を確認し、尊重した。どこに行きたいか、水族館は好きか、サーフィンには興味はあるか、などと聞いてくれた。レストランを選ぶ時もそこでメニューを広げた時も、何を食べたいかを必ず聞かれた。何より、伯父夫婦は一度も杏のことを愚図とものろまとも言わなかった。

こんなに呼吸しやすい世界があることを、杏は初めて知った。この伯父夫婦が実の親だったら。心が浮き立つ忙しさの中でちらりと思った。彼らなら、姉妹がいても平等に接してくれるだろう。必要な物資をひとつだけ用意して子ども達に競争させたりしないはずだ。

三日目の昼食後、杏は伯父夫婦の車で空港に向かった。姉が体調を回復し、追ってやってきたのだ。

姉は杏達を見つけると明るい声を上げ、大きく手を振りながらこちらに近づいてきた。それを伯父夫婦が認めた瞬間、杏は確かに周囲の空気が変わったのを感じた。

伯父夫婦の家へ戻る車内で、すでに姉は彼らと盛り上がっていた。伯父も伯母も笑い、その目は姉に向けられ続けていた。特別に姉がおもしろいことを言っているわけではない。だが、たとえ杏と同じ台詞でも、伯父夫婦の耳には数段好ましく響くらしかった。杏はいつもの孤独を感じ始めた。

その日は伯父夫婦の所有するクルーザーに乗ることになった。珊瑚礁《さんごしょう》のきれいな海まで出てシュノーケリングをし、最後は夕日を眺めながら帰ってくるというコースだ。

伯父夫婦に続いて、姉はあたり前のように杏より先にクルーザーに乗り込んだ。そこで仕方なく杏が乗船を諦めると、伯母が彼女に向かって手招きした。どうやら伯父夫婦は杏を締め出す気はなく、船の定員にもまだ余裕があるようだ。両親とは違う対応だったので、杏はほっとしてタラップに足をかけた。そして、まだ少しだけ期待していた。

船内は生活が可能な設備がひと通り整っていた。杏と姉がリビングを見回しているうちに、船体が音を立てて動き始めた。操縦するのは伯父だ。

乗船中も、伯母と姉はおしゃべりに夢中だった。杏も初めは同じソファに座っていたが、何となく会話に口を挟みにくかった。そこで、ひとりで後方のデッキに出た。潮の香りがぐっと濃くなってぶつかってくる。水色の空からの陽光が群青《ぐんじょう》の海面にきらきら反射していた。絶え間なく髪の毛をはためかせる海風にも青い色がついている気がした。きれいだと杏は思った。少し気が晴れた。

珊瑚礁が近づくと寝室で着替え、水着の上からライフジャケットを着た。杏は水着姿の自分に姉からの視線を感じた。水着はここに来た最初の日、ホテルのプールに行く前に伯母が買ってくれたものだった。あの時は杏をまっすぐに見ていた彼女は、好きな柄を選ばせてくれた。その上、小さなパールのついたブレスレットまでプレゼントしてくれた。

伯父が船を停めたらしく、モーター音が勢いをなくした。今まであまり気にならなかった、ゆらゆらした波の上下の揺れを感じた。

皆で後部のデッキに出る。手すりのそばに近づき見下ろすと、海は先ほどよりずっと透き通っていた。薄青い空気のようだ。ここからでも珊瑚礁や魚の影が見える。操舵室《そうだ》からやってきた伯父がシュノーケリングに必要な道具を持ってきた。ゴーグル、シュノーケル、フィンを順番に手渡される。余剰分があったらしく、杏ももらえた。

最後に伯父は、

「ちゃんとここにハンマーがあるからな」と言って、古いハンマーをデッキの椅子の上に置いた。

「これで安全だ」

「何なのそれ」と姉が尋ねた。

「ウミヘビ対策だよ」

「やだ、ヘビが出るの」

姉は眉をひそめる。彼女は爬虫類《はちゅうるい》が大の苦手なのだ。

「ああ。ここでも出るぞ。噛まれないように気をつけないと。ウミヘビの毒はハブの何十倍も強いんだ。俺は昔これで命拾いをした」

ハンマーを指差す。

「命拾い？」

「ああ。シュノーケリングをしていたら、ウミヘビに遭遇したんだ。こんなにでかいのに」

伯父は両腕を広げた。

「そいつがいきなり襲いかかってきた」

「またその話」

伯母がからかうように口を挟む。

「前々から思っていたけど、それ本当なの？　ウミヘビっておとなしいのよ」

「本当だって。そいつは凶暴で、追いかけてきたんだよ。必死で逃げてデッキに上がって、これで安心と思ったら、何とそのデッキにまで飛び上がってきた。やつはヘビだから、陸上でも動けるんだよ。追い詰められてどうしようかと思ったら、たまたま近くにハンマーがあったんだ。とっさにそれを摑んでガーンとやったんだよ。やつの頭をね。そうしたら一発で動かなくなった。このハンマーがなければ、俺は確実に死んでいたね。だからこれは俺のお守りなんだ」

実際に九死に一生を得たのかもしれないが、伯父の語り口はどこか剽軽《ひょうきん》で、姉はけらけらと笑った。

「私、ハンマーでヘビを叩く勇気なんてないから。ウミヘビが出たら伯父さんが助けてよ」

その後、めいめいにフィンやゴーグルを装着し、海に下りていった。

杏はフィンを使うのは初めてだったが、案外うまく泳げた。ゴーグル越しに色とりどりの魚がはっきりと見える。皆に教えてあげようと、水面から顔を出した。

「ねえ、ここにきれいな魚が……」

杏は大海にひとりで浮かんでいることに気づいた。ぐるりと首を巡らせると、向こうの方で三人がかたまっていた。伯父夫婦は姉の泳ぎが筋がいいと褒めていた。そして、彼らの体の下を次々と通る生き物について解説をしていた。姉はその説明のいちいちに感心して声を上げている。楽しそうだった。

実際以上に遠いところで聞こえる彼らの歓声に、杏の周囲が色あせた。シュノーケリングをする気が急速に失《う》せて、彼女は仰向けに浮かんだ。白いばかりの太陽が目に痛かった。

少し日が傾き始めた頃、全員が船に引き揚げた。伯父が操舵室に戻り、再び轟音《ごうおん》とともに船体が水飛沫《みずしぶき》を上げる。

お茶の用意をしましょうと伯母が言った。姉とお菓子の相談をしながら船内に入っていく。

杏はそれに続かず、後部のデッキに留まった。手すりに腕を乗せ、船尾が海に引く白い筋を眺めた。

天から降り注ぐ熱が濡《ぬ》れた肌を焼くが、体は少しも乾かない。体と同様に、気持ちもびしょびしょになっていた。透き通った海は美しいのに、きれいだと思えなかった。

伯父夫婦は決して悪い人ではない。姉がやってきた後も、物資を制限して杏を疎外することはなかった。ただ、姉の魅力に引かれて杏のことを忘れてしまうだけだ。ほかの人だってそうなのだ。皆が姉の方を向く。中でも両親の行いが目立つのは、杏と姉の間に物質的な差異をつけるからにすぎない。精神的には誰も同じだ。どこにいても杏は劣っている。

これからもずっとそうなのだろうか。姉のいない二日間、楽しい思いをした分、惨めさが塩水のように染みた。

気配を感じて、杏はふりかえった。姉がデッキに出てくるところだった。まだ水着にライフジャケットをつけたままの姿だ。杏のそばにやってきて、手すりの前に立つ。

「シュノーケリング、楽しかったね」

姉はすっかり日に焼けた顔で同意を求めた。杏が小さく頷くと、ふいに彼女の右腕を手に取る。

「これ、どうしたの」

杏の手首に光るブレスレットを姉は示した。

「伯母さんに買ってもらったの」

「ふうん」と言いながら、姉は手を動かした。じゃらり、と音がした。

「私にちょうだい」

気がつけば、姉は手品師のように杏の手首からブレスレットを外し、取り上げていた。杏はかっとした。昨日までの楽しい思い出まで剝ぎ取られた気がした。

「返して」

思ったより強い声が出た。しかし、姉はふふんと笑っただけだった。そのままブレスレットを自分の手首に巻きつける。

今までどうしてこの人を優しいと信じていたのだろう、と杏は思った。優しい口調で接しつつも、この人は決して妹に譲ろうとしなかった。自分の分が足りていてさえ、奪わずにはいられない。悪気なく自分が優先されて当然だと思っている。

杏はブレスレットを取り返そうと手を伸ばした。しかし、姉は腕を上げてそれを簡単に躱《かわ》した。手が届かない。いつか姉を追い抜けるかもしれないと期待し続けていた身長は、未だ彼女の口元あたりをうろうろしていた。彼女に味方するように、陽光にブレスレットが輝く。昨日までは自分のものだったのに。

そうだ、同じ場所で昨日までは。

この時、杏は明確に意識した。

目の前が暗い。影があるから。自分の前に聳《そび》えているから。

波に揺れる視界の隅に、直角的なものが映った。ハンマーだ。伯父の命を救ったお守り。

杏はスーパーの広い売場で立ち止まり、唾をのみ込んだ。暖房のきいた店は暑すぎるほどで、あの夏の空気を嗅いだ気がした。記憶が光度を増す。

姉の叫び声。

――杏、ごめん。許し……。

手の中で、ぐしゃっと姉のつぶれる感触。頭蓋骨が割れ、その隙間から脳髄がチューブの練りわさびのように押し出されてくる手応え。それは道具を伝って、素手でそうしたように感じられた。

海が濁る。透き通った青い海水に赤黒い色が広がっていく。果てしなく。

デッキの物音は船の走行音でかき消されて船内までは届かなかった。

杏は唇を噛んだ。赤い記憶を振り払い、その後のことを考えた。

杏は駄目人間のはずだった。生みの親がそれを断言していた。

だが、姉の死後、杏の生活は一変した。

両親が突然に杏に甘くなるということはなかった。ただ、姉が受け取るはずだったひとり分の教育費をすべて杏に与えてくれた。

修学旅行こそ旅行代金の積み立てが間に合わなかったので行けなかったが、そのほかの学生生活の苦労はなかった。交際費に使える小遣いを与えられ、塾にも通うことができるようになった。そして、大学にも進学できた。学費の都合上、姉がいれば到底不可能だっただろう。

物質的に余裕ができたことで、彼女の立ち居振る舞いからは物怖《ものお》じが抜けた。友人の数も増えた。

気がつけば、杏は人並みに生きていた。親の言うように、愚図だから働けないということはなかった。多少の紆余曲折《うよきょくせつ》はあり、高給を取っているわけではないものの、ちゃんと自立して社会人としての生活を送れている。

ただ、自分が変わったわけではないことを杏は知っている。比較対象がいなくなっただけだ。杏がどこを歩こうと、あの背が高く、自分よりも機敏な人間と突きあたることはないから。何をしたわけでもない。先に歩いていた人間がいなくなるだけで、世界は変わった。

杏は知ってしまったのだ。運命を動かす単純かつ確実な方法を。目の前のものを取り除けばいい。

彼女は引き寄せられるように商品棚の一角に進んだ。鈍い銀色の棒が目に入る。

あの時から杏も成長した。肉親の愛をむやみとほしがる年頃でもなくなった。自分で愛を紡ぎたいと思う側になった。ただし、それを実現させるための原理は同じだ。

商品棚に吊されたハンマーに手を伸ばす。

樹理の顔を思い浮かべた。目の前にあの人がいるから、先輩の目は自分から逸れる。

彼女に向いてしまう。

ハンマーを手に取った。ずっしりと重い。伯父の言葉を思い出した。

――それを摑んでガーンとやったんだよ……そうしたら一発で動かなくなった。

九

待ちに待った休日がやってきた。

千秋はトランクルームでラベンダーのワンピースを下ろした。カテリーナという、萌香が持っていたピンクのワンピースと同じブランドのものだ。

先日、仕事の合間に路面店に行ってきた。

千秋の目から見れば、どれも似たような色と形のワンピースだった。ピンクかホワイトかラベンダーで、ふわっとした素材でできている。しかし、襟の形やボタンの種類に細かな差異があり、それぞれ数着ずつしか生産されていないらしい。そのためか、けっこうな値段がする。だが、ことを急《せ》かなければならないと思うと、服装にも自然と気合いが入る。自分の仕事着の新調を諦めて、萌香が好きそうな、ひいては小野寺が好きそうなワンピースを新しく買ってしまった。

何しろ、萌香の元恋人の城下という、新たな競争相手が現れたのだ。

城下は数日おきに千秋に電話やメッセージを寄越して、調査の進捗状況を尋ねてきた。かなり熱心に犯人捜しをしているらしい。彼はまだ小野寺まで辿り着いていないとはいえ、油断はできない。

警察の捜査の進捗状況も気になる。小野寺が事情聴取を受けたという噂は聞かないが、本人が隠しているだけかもしれない。

先日の踏みしだかれたバラの件から考えて、千秋の作戦は順調だ。いずれ小野寺が自分を愛してくれるようになるだろうという予感があった。ただ、あまり悠長に関係を築いている時間がなくなってきた。彼との時計の針を早めるために、千秋は一計を案じた。

今日は荷物が多い。バッグと小さな紙袋を提げて、その上に傘を持ってトランクルームを出た。無骨な黒い傘は今日の服装に合わないが、やむを得ない。今日の天気は午後から雨との予報だった。すでに空は埃のような色をした雲に覆われている。

まず大学に行く前に、純喫茶コトリに足を向けた。遅い朝食を食べていくことにする。今日は榊が早番で、朝から勤務しているはずだ。

「いらっしゃいませ」

奈央ではない学生アルバイトの店員に席に案内される。開店してまもなくの店内は、客の年齢層が高めだった。モーニングセットを食べている中高年が多い。

席に腰を下ろした千秋は習慣的にスマートフォンを取り出した。やはり、小野寺の方からメッセージが届いていることはなかった。前回、食事に誘って断られた時に、彼と連絡先を交換した。以来、千秋はこまめにメッセージを送っている。それに対して、小野寺は礼を失しない程度の短い返信をするばかりだった。彼からの連絡は一切ない。食事にも二回誘ったが、すべて断られた。まだ警戒が拭えないのだろう。そこで、今日は連絡を入れずに直撃するつもりだ。

スマートフォンをしまい、メニューを開いた。トーストにするかワッフルにするか考えていると、

「ご注文はお決まりですか」

男性の声に、千秋はメニューから目を上げた。意外なことに、榊が立っていた。彼が奈央の要請なしに千秋を接客するのは初めてだ。千秋を避けつつ、店の奥から睨みつけてくることが多い。しかし、今は間違いなく伝票を手に千秋の注文を待っていた。店員の手が足りていないのだろうか。もしくは、そろそろ千秋に正面から愛情をぶつける覚悟ができたのか。

「えっと、モーニングのAセットで」

千秋はちょっとわくわくしながら注文したが、

「かしこまりました」

榊の声はおとなしかった。いつもはこちらを睨みつける目にも力がない。不思議に思い、彼の顔をまじまじと見上げる。すると、

「悪かったよ」

榊がぼそりと言った。

「え?」

「客なのに今まであんたに失礼な態度をとってすまなかった」

千秋はぽかんと口を開けた。一体どういう風の吹き回しなのか。

「オーナーに接客態度を注意された」と、彼は口早に理由を説明した。千秋は、客の前にはめったに姿を現さず、厨房でコーヒーを淹れている白髪の老人を思い浮かべた。

「オーナーの言う通りだ。俺の個人的な感情で客に対する態度を変えるのは間違っていた。申し訳ありませんでした」

榊は接客業らしいきれいな姿勢と角度で千秋に頭を下げた。それから踵を返し、厨房に入っていった。

千秋は拍子抜けするあまり、彼を呼び止めることもできなかった。個人的な感情が

あることを告白しておきながら、もう自分に積極的にかかわらないというのか。

実際、以後の榊は完璧な敬語を使って千秋に接した。接客のマニュアルから外れていたのは、千秋に提供されたモーニングセットだけだった。何を勘違いしたのか、皿にはトーストとワッフルの両方が盛りつけられていた。

千秋はひんやりとしたフォークを手に取った。店に入る前から空腹を覚えていた。だが、山盛りの炭水化物を前にしても、コーヒー十杯と違って少しもうれしくなかった。

食事を終えた後、気を取り直して千秋は大学に向かった。そもそも榊は本命ではない。

道の途中で花屋を見かけたので、思いついて赤いバラを一輪買った。提げている小さな紙袋に差して飾りにする。

大学は昼休みの時間に入っていた。まずは小野寺の所在確認だ。千秋はめいめいに休憩に繰り出す学生の波を泳ぐようにして食堂や部室を回った。そのどこにも小野寺はいなかった。とはいえ、千秋はさして焦らなかった。小野寺の時間割は把握しており、それによると今日彼は午後一番の講義に出席する。講義の後は空きコマなので、その時に声をかけるつもりだ。講義室の場所もわかっている。

講義が終わるまで、学内で時間をつぶすことにした。休み時間が終了したものの、相変わらず学生の密度が高いのに辟易《へきえき》する。その上、千秋にはあまり居場所がない。静かに過ごせる図書館は学生証を提示する必要があるし、部室は下手なピアノを練習する女子学生が占領していた。食堂の隅の席に収まって、頬杖をつく。

萌香の私生活に興味はない。ただ、城下と話した後、思いついたことがあった。

事件直前まで、萌香は三角関係にあった。周囲の証言によれば、彼女は小野寺に交際を迫られていた。元恋人の城下は萌香との復縁を望んでおり、彼によれば彼女もよりを戻したいふうだったという。

実際に萌香がどちらに本気だったのか、千秋には判断しがたい。彼女が心から城下との復縁を望んでいたのか、彼や小野寺を嫉妬させて楽しんでいただけだったのか。本人がすでに骨と灰になってしまったので、確かめる術《すべ》がない。

ただ、こうした場合、小野寺が本当に愛情の深い人間ならどうするだろうと千秋は考えた。萌香が自分との交際を拒否し、元交際相手に気のあるふうを見せている場合だ。

萌香を諦めるという選択肢はあり得ない。たとえ彼女がやきもちを焼かせるための冗談のつもりで拒絶の言葉を口にしたとしても、愛しい人を絶対に失うまいと本気を出しただろう。そのために彼女に差出人不明の嫌がらせメッセージを送り続けたと考えられるが、彼ならもっと直接的に愛情を示そうとするのではないか。それが高じた上で殺害に至ったと考えるのが自然だ。当人を失ってしまうという避け得ない損害を被《こうむ》るので、殺害はあくまでも最終的な手段だといえる。その前にも何かあったのではないか。

そこで、思い出したものがある。

千秋は食堂の席から立ち上がった。そろそろ講義が終わる頃だ。紙袋のバラの位置を微調整してから講義室に向かう。入り口のところでしばらく待っていると、ぱらぱらと学生が出てきた。千秋は主に単独で現れる学生の顔を確認していく。小野寺は仲間とつるまず、ひとりで行動していることが多かった。

彼が出てきたら声をかけ、まず二人で話のできるところへ移動しよう。人目につきたくないので、空いている講義室などがいいだろう。そんなことを考えながら千秋は待ったが、小野寺はなかなか姿を現さない。講義の終わった教授や友人と話し込んでいるのだろうか。千秋はとうとう入り口から講義室の中を覗き込んだ。

そこに小野寺の姿はなかった。出ていく彼を千秋が見逃したとは思えない。最初から講義を欠席していたのだ。

準備をして心を決めていただけに、千秋は脱力した。だが、簡単に諦めるわけにはいかなかった。残されている時間は多くはない。次の休日に会えるかもわからない。

そこで学内を捜索することにした。今日は小野寺にとって受講する講義の数が多い曜日だ。登校している可能性は高い。午後一番の講義をさぼって、どこかでくつろいでいるかもしれない。

最初に千秋は再び部室を覗いてみた。さきほどの女子学生がまだ演奏中だった。彼女は千秋を見ると手を止め、

「ピアノ、使いますか」と聞いてきた。

「いえ、ちょっと寄ってみただけです」

相手の顔を見るなり去るのも失礼なので、千秋は部屋の隅のパイプ椅子に腰を下ろした。少し話してみたところ、彼女個人の発表会が近づいているので、今日はここで時間の許す限り練習し続けるそうだ。先日のように気まぐれにピアノを弾く小野寺との邂逅《かいこう》は望めそうもなかった。

千秋は部室を出て、薬学部の学部棟や学生会館、食堂、トレーニングルームなどを回った。あまり大学で身分を明かしたくなかったが、一般の利用者の登録をして、図

書館にも入った。それぞれの場所をひと部屋ずつ確認し、隅々まで捜したが、小野寺は見つからない。千秋さん、と向こうから声をかけてくれるのはサークルで知り合った女子学生ばかりだった。小野寺は一時的に学外に出ているのだろうか。彼に連絡を入れようかと、千秋は何度もスマートフォンを取り出し、またバッグに戻した。不意打ちの方が望ましいので、あまり気が進まない。それに、これから会いたいと誘いをかけても、いつも通りにすげなく断られてしまう可能性が高い。

そのうちに、彼が次に受ける講義の時間が近づいてきたので、千秋は講義室に足を運んだ。学部の四年生の講義ともなれば、受講する顔触れはほとんど定まっている。講義室の前に立っていると、時おり学生達から怪訝《けげん》な視線を投げかけられた。決まりが悪いが、彼の出席を見届けないわけにはいかない。しかし、講義の開始時間になっても、小野寺は現れなかった。遅刻しているのかもしれない。千秋は希望的な観測を繋いでしばらく講義室の前に留まったが、そのまま講義の半分以上の時間が過ぎてしまった。もはや小野寺の欠席は明らかだった。

今日、計画を実行するのは難しそうだと千秋は思い始めた。これだけ出会えないということは、小野寺は初めから登校していなかったのかもしれない。

すでに帰りの電車の時間を考えながら、千秋はすごすごと学部棟を出た。すると、埃っぽいにおいと、地面に散らばる黒い点が目についた。予報通り、雨が降り始めたようだ。

その時になって、千秋は自分の手に傘がないことに気づいた。腕にかかっているのはバッグと紙袋だけだった。移動を繰り返す中で傘をどこかに置き忘れてしまったようだ。大学から駅までは距離があるので、傘なしで雨の中を帰るのは厳しい。いつの時点までちゃんと傘を持っていたか、千秋は記憶を辿った。部室だ。二回目にそこを訪れた時、パイプ椅子に座ってサークルの女子学生と話した。その時に置いてきたのだ。

千秋は小走りで学内を進み、部室を目指した。道に沿って植えられた木々の葉の間から、ぼたぼたと雨粒が落ちてくる。雨は少しずつ勢いを増しているようだ。部室のある建物に到着する頃には、ざああ、という雨音が廊下にまで響くようになっていた。階段を上り、突きあたりの部屋に向かって歩いていく。その分厚いドアからかすかにピアノの音が漏れ聞こえてくる。まだあの女子学生が励んでいるのだ。だが、ドアノブに手を伸ばした千秋ははっとした。響きが違う。息を詰めてドアを押し開ける。

神様というのはやはり存在して、個人の頑張りを見てくれているのではないだろうか、と千秋は思った。

小野寺がグランドピアノに向かっていた。先日と同じ曲を弾いている。

千秋はほかの人間の闖入《ちんにゅう》を防ぐように、ドアを背にしてその場に立った。ピアノの陰になり、こちらの姿は小野寺の目に見えていないようだ。ドアが開閉したことにも気づいていないらしく、彼は一心に鍵盤に指を走らせている。知識がないので演奏の善し悪しはわからないが、さきほどの女子学生のものよりはるかに体に染み込んでくるような響き。千秋は黙って曲が終わるのを待った。紙袋を握る指に、自然と力が入っていく。

小野寺の手が止まった。ピアノの余韻が消え、彼が鍵盤から手を離したのを見計らって、

「こんにちは」と千秋は声をかけた。反射的に立ち上がった相手とピアノ越しに目が合う。小野寺は動きを止めた。

今しかない。千秋はゆっくりと小野寺に近づいていった。彼は黒いシャツにジーンズという格好だった。その飾り気のない姿に、必要以上にリボンやレースで飾りたてた自分の姿がきれいに調和しているはずだ。

「今日は何度かここに来ていたのに、入れ違いになっていたみたいですね。ずっと捜していました」

小野寺はわずかに眉を動かした。突然の千秋の登場に驚いたようだったが、すでに落ち着きを取り戻している。親しい相手にしか本音を見せないのだ。その殻を破りたい。

「小野寺さんに渡したいものがあるんです」

彼の前に立ち、千秋は赤いバラを差した紙袋を差し出した。

「いや、」

小野寺はかたい表情を崩さない。

「千秋さんから何かもらういわれは……」

「大したものじゃありません。私の気持ちです」

千秋は相手の胸に紙袋を押しつけるようにした。仕方なく小野寺が受け取る。

「開けてみてください」

紙袋に封はしていない。覗き込むだけで中身はわかるはずだ。小野寺は手元に目を落とした。さっとその顔が青ざめた。

通じた。千秋の体の中で心臓が轟《とどろ》いた。成功を確信した。

「私の気持ちです」

千秋は繰り返した。

紙袋の中に千秋が束にして入れていたのは、細い注射器だった。

萌香は自室に注射器を保管していた。ビニール袋に入ったそれは使用済みのように見えた。

萌香は注射器を何に使ったのか。医療にかかわっていない人間にとって用途は限られている気がした。そして、千秋は小野寺が薬学部に所属していることを思い出した。

注射器を凝視する彼を見つめる。

この人は愛しい人を薬漬けにしていたのではないか。

彼は萌香を手放したくなかった。彼女を深く愛していたから。相手を物理的かつ精神的に拘束するために、覚醒剤や危険ドラッグなどの薬物は最適な道具だった。

初め、小野寺は萌香に薬物と知らせないで経口摂取させたのではないだろうか。彼女が進んで薬物に手を出すとは思えない。しかし、一度かかわってしまうと、本人の性格や意志に関係なく、薬物はその人間の心を支配する。萌香は薬物に依存し、それなしには生活ができなくなった。依存は日ごとに深まり、より強い効果を求めて注射を打つようになったのだろう。彼女は使用済みの注射器を安全に処分する前に自室に隠していた。それを千秋がたまたま見つけたのだ。

最後に会った時まで、千秋の目には萌香は子どもの頃から変わっていないように見えた。実の親を含めた皆が気づいていなかっただろう。だが、薬物乱用者が長きにわたって巧みに周囲の目を欺くというのはよく聞く話だ。萌香は普段通りに通学し、アルバイトをし、家族や友人と笑い合いながら、内心では薬物を渇望するだけの存在になり果てていた。

そして、その望みを叶えられるのは、小野寺だけだった。だから萌香は彼から離れられなかったのだ。

萌香の転落のきっかけをつくった小野寺は、その後も定期的に彼女に無償で薬物を与え続けた。薬学部の学生である彼なら、違法な代物も比較的手に入りやすかったのではないか。安定した供給の道筋さえつければ、薬漬けにした愛する人が自分から離れていくことはない。餌付けのようなものだ。

小野寺は自分との関係を続けさせるためだけに、萌香を内側から壊していった。

その可能性に思いあたった時、千秋の体に震えが駆け上がった。

注射器の入った紙袋を手に蒼白《そうはく》になった小野寺に向かって、千秋は自分の右腕を差し出した。手首を返し、静脈が見えるようにしてから伝えた。

「気に入ったら、お返しをください」

小野寺の萌香への仕打ちに気づいた千秋の胸は震えた。何とすばらしい愛情表現なのだろうと。

自分の見込んだ通り、小野寺はまたとない逸材だったのだ。愛のために薬物を使うとは、常人にはなかなか思いつかない発想だ。

しかも、それだけでは小野寺の愛は止まらなかった。城下に対してか、もしくは彼自身が萌香を溺れさせた薬物に対してか、彼の嫉妬はますます燃え上がり、最終的に萌香を殺害するまでに至ったのだから。

そんな人間に出会えた萌香は幸せ者だった。自分もぜひその幸福にあやかりたい。自分も萌香と同じふうに愛されてみたい。

そこで千秋は新品の注射器を小野寺に贈ったのだった。彼の行為を見通していること、自分はそれを支持していることを伝えたのだ。

千秋は口を閉じ、自分の言葉が相手に浸透するのを待った。

小野寺はのろのろと顔を上げた。初めてはっきりと千秋の姿を認識したように見えた。

ゆっくりと紙を握りつぶすように、小野寺の顔に皺が寄り、歪んでいく。

「あんた……」

曲がった唇から声が漏れる。今まで心の奥にしまっていたであろう言葉遣い。

「何のつもりなんだ」

声に力がこもり、ばさっと手から紙袋が落ちた。いくつもの注射器が床に散らばる。

刻々と彼の感情が剝《む》き出しになっていくのを感じ、千秋の鼓動は高まった。ついに自分を信用し、心を開いてくれるのだ。

「もちろん、小野寺さんのことを思ってです」

「何だと」

かっと小野寺は目を見開いた。感情の爆発の予感を、千秋は覚えた。うれしい誤算だ。自分の本性を指摘されても、さすがに日を改めて小野寺は自分に向き合うだろうと思ったのだが。萌香の代わりの愛する対象を見つけた彼は、自制がきかなくなったらしい。

次には怒鳴りつけられるか、飛びかかられるか。もしくは千秋の用意した注射器がすぐに役に立つ状況になるか。何にせよ、大きな声や物音が響くことを予期して、千秋は身構えた。

ところが、小野寺は動かなかった。部屋はしんと静まりかえった。

どうしたのだろう。千秋も相手の前でじっとしているしかなかった。すると、彼の大きな両目から透明な玉が盛り上がった。千秋は愕然《がくぜん》とした。まさか。

「もう嫌がらせはやめてくれよ。そんな萌香の格好なんかして、あんた何なんだ」

ぽろぽろと涙を零しながら、小野寺は鼻声を出した。

「あんたじゃないんだよ。俺には萌香しかいなかった。俺に優しくしてくれた萌香しか……」

後は言葉が続かなかった。小野寺がその場で声を上げて泣き始めたからだ。わあぁ、と子どものように叫び、涙はあとからあとから溢れ出る。

千秋は言葉を失くして立ち竦《すく》んだ。肩透かしどころの衝撃ではなかった。想像と違う。彼が萌香を思う気持ちはわかるが、方向がずれている。しかも、なぜ泣くのか。何がどうなっている。

状況を理解する前に、今度はノックの音が響いた。

「大丈夫ですか」

小野寺の号泣は部室の外にまで漏れ聞こえているらしい。尋常でない泣き声を聞きつけた学生が駆けつけてきたのか。室内の千秋達が何らかの反応をする前に、「入りますよ」という大声とともに、ドアが激しい勢いで押し開けられた。三、四人の男性が雪崩れ込んでくる。彼らは千秋と小野寺、床に散らばった注射器に目を走らせ、顔をこわばらせた。直後に、急病人でも救助するかのように揃ってこちらに突進してきた。千秋はまごついた。皆、どうしたのだ。が、彼らは千秋の前を素通りした。泣き続けている小野寺に一斉に飛びかかっていく。

「確保」

あっという間に小野寺は男達に組み伏せられた。当人はさして抵抗することもなく、まだぐずぐずと落涙している。

「大丈夫ですか。怪我はありませんか」

ひとりの男性が千秋の方に顔を向ける。千秋は首を上下させることしかできなかった。まだ状況がのみ込めない。唯一、気づいたのは、小野寺を拘束した彼らが学生にしては貫禄があり、老けていることだった。自分も人のことは言えないのかもしれないが。

十

警察署を出る頃には、雨はやんでいた。濡れた地面が夜空と信号の光をぼんやりと映している。

数時間ぶりに外の空気を吸いながら、千秋は首を回した。取調室の空調で乾燥したファンデーションが肌に張りつき、皮膚呼吸を妨げられている感じがする。今すぐ化粧を落としてしまいたいが、ここからトランクルームまでの距離を思ってうんざりした。交通の便も悪いので歩いていくしかない。

ピアノサークルの部室での捕り物の後、小野寺とともに千秋も警察署に連行された。学生に見えなかった男達は刑事だったのだ。

刑事達が狙いを定めていたのは明らかに小野寺の方だったが、千秋も多少疑わしく見えたのだろう。長時間にわたって事情聴取を受けることになった。

刑事はなぜ学生でもない千秋が大学のサークルに入り込み、小野寺と積極的に接触したのかを問い質してきた。それに対し、千秋は知り合いの萌香が殺され、その犯人が気になったので、独自に探っていたのだと答えた。すると、容疑者に小野寺が浮上したので、揺さぶりをかけてみたのだと。ほとんど嘘はついていない。犯人捜しをする理由や、萌香の部屋に入って注射器を見つけたり、衣類を無断拝借したりしていることを黙っていただけだ。その上で、以前萌香が注射器を所持しているのを見かけたので、薬学部に所属している小野寺を疑ったのだと説明した。

千秋の言い分に、刑事は一応納得がいったようだった。時間はかかったが、特に何の言いがかりをつけるわけでもなく千秋を放免した。ただし、今後は民間人でありながら犯人を捜すような危険な行為は慎むようにと忠告してきた。

千秋は住宅街を抜けて国道に出た。国道沿いにはファミリーレストランなどのチェーンの飲食店が並んでいる。昼前のコトリでのモーニング以来、何も口にしていない。だが、疲れが体に重く沈んでいて、食欲が湧かなかった。ただトランクルームを目指す。

事情聴取を受ける中で、千秋の方も刑事から情報収集を試みた。結局、あの騒ぎは何だったのか。

刑事は千秋の質問に直接的には答えてくれなかった。ただ、ある程度予想がついていたこともあり、彼らの言葉の端々から事件の全体像は窺えた。

初め、千秋は警察が小野寺を萌香を殺害した容疑者とみなし、行動確認を続けていたのだと思っていた。それで、部室で小野寺が大声を上げると即座に対応して身柄を押さえることができたのだと。ところが、彼らは刑事でも捜査一課ではなく、組織犯罪対策部の薬物銃器対策課に所属していた。つまり、薬物絡みの疑いで小野寺を内偵していたのだ。

萌香の部屋にあった注射器から薬物使用を疑った千秋の推測はそれなりに的を射ていた。ただし、対象を違えていた。薬物に溺れていたのは萌香ではなく小野寺の方だったのだ。人は見た目ではわからないものだ。

比較的、恵まれた境遇にある小野寺が何のきっかけで薬物に手を出したのかはわからない。とにかく、彼は例に漏れず深みにはまっていった。

それを誰よりも早く知ったのが萌香だった。

萌香に交際を断られた小野寺は彼女に縋《すが》り、自身の薬物依存を打ち明けていた。萌香は驚いたことだろう。特に恋愛感情もない相手にそんな告白をされても、ふつうはかかわり合いになりたくないと思うはずだ。犯罪を見逃していることが後ろめたければ、別れた後に警察に匿名で情報提供をしてもよかっただろう。

だが、萌香は小野寺を見捨てなかった。彼に寄り添い、警察への自首か病院の受診を勧めた。相手は頑《かたく》なにそれを拒んだが、その心を何とか変えて更生に向かわせようと、彼女は骨を折っていたようだ。そのために、小野寺に頼られ、呼び出されるたびに付き合ってやった。自室に隠し持っていた注射器は、彼から取り上げて処分に困っていたものだったのだろう。小野寺が自殺願望まで口にしたことから、一方的な別れの通告や警察への通報などといった強い態度はとれなかったようだ。憎からず思っていた城下との復縁を保留していたのは、彼を小野寺のトラブルに巻き込まないためだったのだろう。

一方、警察は萌香とは別のルートから小野寺に薬物所持と使用の疑いを摑んだ。彼らは逮捕・起訴に足る証拠を集めるべく、一月ほど前から極秘に彼を追い続けていた。その最中に萌香が殺される事件が起こったのだ。

事件後も、今日に至るまで組対の刑事による小野寺の監視は続いていた。それは、警察の中で萌香の殺害容疑が彼にかかっていないことを意味する。殺人事件を担当する捜査一課が今に至るまで小野寺のことをまったく問題視しないのは、事件当日の彼にアリバイがあることを早期に確認したからだろう。今日、組対の刑事達が踏み込んできたのは、小野寺がいつになく部室の外にまで聞こえるほどの大声を出したからだ。行動確認中の薬物乱用者が錯乱し、一般人に危害を加える可能性を考慮した結果だった。実際には、彼は泣いていただけだったのだが。つまり、萌香の事件とは無関係だった。

千秋は無駄足を踏んでいたということだ。

国道沿いの店が途切れた。住宅街の明かりは遠く、周囲は深海のように暗かった。

警察の動きを把握せずとも、小野寺が人目も憚《はばか》らず泣き出した時から、千秋は嫌な感じがしていた。彼が愛を貫き通せるほどの意志の持ち主なら、いくら対峙《たいじ》した千秋に心を許したとしても弱気の態度はあり得ないからだ。千秋は見込み違いをしていた。萌香を殺したのは小野寺ではなかった。それだけだ。

だが、千秋は何だか立っているのが嫌になるほどの疲れを覚えていた。それは犯人だと思い込んでいた相手が違った落胆によるものばかりではなかった。小野寺との今までのやりとりすべてに失望したのだ。

優しすぎる。

千秋は小野寺が自分に愛情を向けるように相当に誘導したつもりだった。死んだ愛しい人を思い出させる格好でまとわりつき、苛立たせ、手を伸ばせば容易に傷つけられる距離まで迫った。しかし結局、小野寺は千秋の心身にかすり傷ひとつ負わせなかった。ただ我が身の不幸に声を上げて泣くばかりだった。

小野寺だけではない。みんな優しすぎる。

ピアノサークルのメンバーもそうだ。似合わない格好をして科目履修生になったと嘘をつく千秋を彼らはすなおに信じた。明らかに異質な千秋をサークルに受け入れ、特に女子学生達は千秋さんと親しく呼んで、何かと親切にしてくれた。コトリの店員の奈央もだ。千秋が榊に恋をしていると勘違いをして、彼の情報を積極的に提供してくれる。唯一、気骨のありそうなのが榊だったが、彼もオーナーに注意されただけで矛を収めた。千秋を取り巻く人々はあまりに優しくて、弱い。

優しさは、無関心の次に薄い感情だ。相手のことがどうでもいいから優しくできるのだ。誰もが千秋の心の表面を撫でていくだけで、情熱を持って奥までは踏み込んでこない。

爪先が冷たくなる。地面に溜まった雨水がパンプスに染みたのだ。千秋はちょっと泣きたくなってきた。千秋の前に広がる世界はあまりにつまらない。

ただ、愛されたいだけなのに。

車が一台だけ、千秋を追い抜いていく。白い光と走行音は一瞬で、またあたりは静かになった。

理想の愛について考える時、千秋の耳に必ず立ち上がってくる声がある。子どもの悲鳴だ。思い出すと、今でも鼓動が速まってくる。

千秋が小学二年だった時のことだ。

共働きの家庭だったので、千秋は学校から帰るとひとりで留守番をすることが多かった。母親が帰ってくるまで自宅マンションで宿題をしたり、近所で遊んだりして過ごした。

ひとりで家にいる時はテレビをつけていることが多かったので、初めは気づかなかった。しかしある時、好きなアニメの番組が終わり、千秋がテレビを消すと、

「ぎゃーっ」

すさまじい叫びが聞こえた。まるで、真っ赤に焼けた釘《くぎ》を胸に打ち込まれているような。

千秋ははっとして、かたまった。思わず産毛が逆立った耳の記憶を辿る。声は、リビングの壁の向こうから聞こえた。そろそろと目をそちらへ這わせた時、

「ぎゃあぎゃあうるせえよ」

低い女の声がした。彼女が、さきほどの悲鳴を上げさせたのだ。声の感じからして、相手は子どもだろうか。

千秋はしばらく耳を澄ませたが、それきり悲鳴は聞こえてこなかった。ただ、かろうじて聞き取れる大きさの女のつぶやきが断続的に伝わってきた。

「……ふざけんな……おまえのせいで……ばか……ねよ……」

合間に、子どものくぐもった声。口に両手をあてて声を抑えているようだ。

最後に、

「うぜえ」

　ぼそりとした女の声と同時に、ドアの開閉音がした。ざあっと水の流れる音。隣家の間取りが千秋の家と同じであれば、壁の向こうは浴室のはずだ。その後、あたりは静けさを取り戻した。千秋は忍び足で壁に近づき、そこに耳をあてた。しばらくそうしていたが、もう誰の声もしなかった。代わりに、どんどんどん、と耳元の壁を拳で連打するような音が聞こえた。どんどんどんどん……と、息つく間もなくそれは続く。

　やがて、千秋は気づいた。力いっぱい叩かれているのは壁ではない。心臓が、自分の身のうちを狂ったように殴打しているのだ。

　かつてないほどの感動を千秋は覚えていた。壁一枚隔てた先に、物心ついた頃から求めていたものがあった。

　壁に手をつく。この向こうは隣人の部屋のはずだ。どんな人が住んでいるのか、覚えがない。子どもとその母親らしき女がいることは確かなようだ。

　悲鳴を上げていた子どもは何をされていたのだろう。それがどんな形であれ、間違いのないことがあった。あの子どもは、女に深く愛されている。千秋がどうやっても上げられないような、子どもの悲鳴が証明していた。

　そこに初めて本物の感情を見つけた気がして、千秋は、動悸《どうき》が止まらなかった。

愛とは、ああいうものだ。鋭く熱い、焼けた釘のようなもの。それを丑《うし》の刻参りよろしく胸にぶつけ、肉を抉ってこそ、相手に愛は伝わる。あれがほしい。

決して千秋の両親が我が子を蔑《ないがし》ろにしていたわけではない。粗相をした時は厳しく叱ってもくれる。だが、そうした並みひととおりの両親の慈しみでは、千秋は満足できなかった。本当は、あれくらい自分も愛されたい。どうすれば実現するだろうか。

まだ幼い心に明確な方針は立たなかった。ただ、その日から千秋は壁の向こうに耳を澄ませると同時に、隣家の動向を探るようになった。初めは母に彼らのことを尋ねてみたが、彼女も知らないという。隣人は近所付き合いをまったくしないタイプのようだ。そこで、自分が自宅を出入りするたびに、隣家を確認するようにした。

すると、少しずつ様子がわかってきた。

千秋が初めて隣家の女を見かけたのは、朝の登校時だ。体が痺れるような寒い冬の外廊下を、網タイツの脚でふらふら歩いてやってきた。今、どこかから帰ってきたらしい。彼女の根元が黒ずんだ金髪と濃い化粧に千秋は驚いた。彼女はおそらく悲鳴を上げた子どもの母親だろうが、千秋の思い描いていたそれとはかけ離れていた。母親というものは、だいたい自分や学校の友人達の母と同じような姿をしていると思っていたのだ。かりに服装の好みは人によって違うとしても、母親達はだらしのないことを嫌う。網タイツの脹ら脛《ふくはぎ》の部分に大穴が空いた状態で外を歩いている人間が同じ人種だとはとても思えなかった。しかし、見た目に反して彼女は子どもへの情愛が深く、しかもまめな質《たち》なのだ。千秋が意識し始めてからも、昼間に子どもの悲鳴は数日おきに聞こえていた。

その子どもの姿を千秋が確認するには、母親以上に時間がかかった。家にいるはずだが、まったくといっていいほど外に出てこないのだ。保育園や学校へ行っていないらしい。

しかし、ある日とうとう千秋は発見した。学校から帰ってきた時、隣の玄関ドアがそっと開き、同い年くらいの子どもが出てきたのだ。ゴボウのように手足の細い、色白の少年だった。やっと見つけた、と千秋が声をかけると、亀が首を引っ込めるように慌てて家の中に入ってしまった。それから、千秋は三十分ほどその場で待ったが、ドアが再び開かれることはなかった。少年は臆病な性格らしい。

それでも千秋は諦めず、少年と会える機会を窺った。放課後に連日、自宅の玄関先で待機を続けた結果、二、三日に一度の少年の外出パターンがわかってきた。小銭を持たされて近所のコンビニにお使いに行っているらしい。千秋は少年が買い物から帰ってきた時を狙って、声をかけた。三回目以降は、彼が人目を憚っているような様子に気づき、ねえ、と小声で話しかけた。そうすると、ようやく反応があった。少年がこちらを見て、玄関のドアで足を止める。

「これ、一緒に食べない？」

千秋は用意していたお菓子を見せた。少年の頬の線から、栄養状態がよくないであろうことはわかっていた。常に空腹の状態にある可能性は高いはずだ。

果たして、少年は千秋からお菓子を受け取った。千秋の家の玄関の前の廊下に腰を下ろし、二人で並んでお菓子を食べた。少年は膝に落ちた砂粒のようなクッキーのかけらまで舐《な》めるように口に運んだ。

それ以来、少年と親しくなるのに時間はかからなかった。平日は毎日、午後の比較的早い時間に千秋は少年と待ち合わせて遊ぶようになった。少年は母親と二人暮らしだった。少年の母親は夜の仕事をしており、朝に帰宅し、夕方まで眠るそうだ。彼女の外出中と、就寝中ならまだ少年は自由に動くことができるという。千秋と同い年だったが、やはり小学校へは通っていないらしい。

遊び場所は主に千秋の家の中だった。仕事帰りの母親の眠る少年の家では物音は立てられない。友達を呼ぶなどもってのほかだった。また、母親の許可を得た時以外、少年は外へ出てはいけないらしい。そのため、少年は母親が寝入った後、こっそり千秋の家へやってきた。場所を移動するといっても隣家なので、やはり大きな音は出せない。そこで、二人でゲームをしたり絵を描いたりした。

リビングで一緒に遊びながらも、千秋の神経の半分は常に壁の方に向いていた。隣にいる新しくできた友人より、その母親のことが気になって仕方がなかった。少年は母親とどのような暮らしをしているのか。母親はどんな人なのか。聞こえないよう、小声で何度も質問したが、要領を得た答えはなかなか返ってこなかった。母親は聖域なので、あまり他人に教えたくないのだろうか。ただそれ以前に、少年が言葉を多く知らないため、適切な返事ができないのではないかという印象を受けた。彼は人生のほとんどを家の中で暮らしていたのだ。

不思議だったのは、少年の顔や剥き出しの足に痣《あざ》ひとつないことだった。服は少し汚れており、体型も痩せぎすではあるが、異常や病的といえるほどではない。では、何が彼にあのような悲鳴を上げさせるのか。

千秋と少年が友達になって十日ほど経った頃だった。いつもの時間になっても少年が家にやってこなかった。どうしたのだろう、と千秋は冷蔵庫からプリンを取り出しながら思った。ひとつのプリンを半分に切って、二つの皿に分ける。これが今日の千秋と少年のおやつだ。隣の少年を家に呼んでいることは両親には黙っていた。少年の滞在の痕跡も残さないようにしている。

千秋はしばらく皿を前に待機していたが、待ちくたびれてきたので、先におやつを食べることにした。スプーンでプリンを掬《すく》い、つるんと吸い込んだ時、

「ぎゃーっ」

壁の向こうから聞こえてきた悲鳴に、やわらかいプリンが喉の奥で石のようにかたまった。

千秋はスプーンを放り出し、壁に張りついた。すると、再び、

「ぎゃーっ」と少年の声が響く。またあれが始まったのだ。

壁面に千秋の爪が食い込む。できることならあの親子から自分を阻む壁を破壊したかった。具体的に何が起こっているのか、この目で見たくてたまらない。

叫びはいつも以上に繰り返された。

「ぎゃーっ」「ぎゃーっ」「ぎゃーっ」

千秋はうらやましいのを通り越して、みじめな気持ちになってきた。きっと少年は母親といるのが楽しくて、千秋の家に遊びにくるのを忘れてしまったのだ。子ども同士の友情など、親の愛情の前では綿毛ほどの重みもない。ひとりぼっちの家の中では、

よけいにそれが痛感させられた。

やがて少年の悲鳴は止《や》み、最後に水の流れる音がした。終わったようだ。

千秋はずるずると壁に凭《もた》れて座り込んだ。

少年が再び千秋を訪ねてきたのは、その二日後だった。

この前は来られなくてごめんね。ささやくように千秋に詫《わ》びた彼の姿はいつにも増して影が薄かった。視線は足下に落ちて、千秋と目を合わせようとしない。だが依然、少年の顔には傷ひとつなく、千秋の謎は深まった。

少年をリビングに通し、千秋は冷凍庫を開けた。今日のおやつはアイスクリームだ。ひとつのカップを半分こして皿に載せ、片方を少年に渡す。並んで食べ始めたが、少年はスプーンを手にしたきり、ぼんやりとしていた。

「どうしたの。溶けちゃうよ」と千秋は声をかけた。

少年は俯いた。と、長い前髪の奥から、ぼたぼたと水滴が落ちた。泣いているのだ。どうしたの、と千秋が尋ねても、返事が涙に溺れて言葉にならない。根気よく聞き取りを続けると、

「やさしくしてくれて、ありがとう」と言っているのだとわかった。

「ねえ、何があったの」

千秋は身を乗り出したくなるのを抑えて尋ねた。あまり迫れば少年は萎縮してしまうだろう。慎重に探りを入れる。

「一昨日《おととい》、何かあそこから声が聞こえたけど」と、壁の方を指差す。

まだ目に涙をいっぱい溜めた少年は答えなかった。

代わりに、着ているシャツの裾を捲《まく》り上げた。

千秋は息をのんだ。

白い少年の胴体に赤黒い線が走っていた。胸から腹、背中までいくつも。よれよれの長袖をまくると、そこにも刻まれていた。切り傷のようだ。生傷もあれば、長い時間が経過したと思われるものもある。古傷は痕になって、入れ墨を入れたようになっていた。

「これ……」

「カミソリ」

消え入るような声で少年は証言した。

母親は少年が粗相をすると、彼を浴室へ引きずっていく。

母親が爆発する少年の粗相とはささいなものだ。足音がうるさい、テレビの前を横切った、目つきが悪い。いずれも浴室に連れていく口実にすぎないのだろう。一昨日は千秋を訪ねるためにこっそり家を出ようとしたところを見つかったらしい。

浴室には、数年前に出ていった父親の使っていたカミソリが置かれたままになっている。母親は少年を濡れた床に押さえつけ、鈍《なま》った刃を彼の体にあてて引く。千秋が聞いたのはその時の悲鳴だったのだ。母親が浴室を出ていった後、床が血で汚れていれば、少年が水を流して掃除する。

息をするのも忘れて少年の話を聴いている中で、千秋はあることに気づいた。大小の差こそあれ、少年につけられた傷はどれも同じ形をしている。

×の形だ。

胴体を隙間なく×が埋めている。その体の持ち主の存在を、生き方を否定するように。

千秋は思いきり頬を張られたような衝撃を受けた。

これが、母親からの、本物の、愛。

「ぼくがわるいんだ」

少年はまた泣き出した。

「でも、いたいよ」

うれし泣きだろうか。同じような愛を親から得られない自分へのあてつけだろうか。

だが、千秋は羨望のあまりそんなことで苛立つ余裕もなくなっていた。

「代わってくれない？」

「え？」

「一日だけでいいから。お母さんを代わってよ」

自分の思いつきに、千秋は浮き立った。少年の母親は情愛が深い人だ。タイミングさえ合えば息子への愛情を自分にも振り分けてくれるのではないか。

千秋は自分の計画を話した。少年は初めは逡巡《しゅんじゅん》していた。

「そんなことしたら、君もおかあさんにおしおきされるよ」

母親をひとり占めしていたいのだろう。千秋は熱心に少年を説得した。すると、最終的に彼は神妙な顔で首を縦に振ってくれた。少しだけなら母親を貸し出してもいいと思ったのだろう。

「ありがとう」とさえ言った。母親の愛が重くて疲れるという贅沢《ぜいたく》な悩みを持っているのかもしれない。

千秋はすっかり溶けてしまったアイスクリームをつつきながら少年と詳細を話し合った。計画は翌々日から実行に移すことにした。次にいつ母親が爆発するかはわからない。ただ、少年によると、二日連続で浴室に連行されたことはないという。千秋としては今からでも始めたかったが、一日空けた方がよさそうだった。

その日、千秋は朝からずっと頭が宙に浮いているような気がした。上の空で朝食を取り、学校へ行き、下校した。前に一度だけ見た少年の母親の姿が瞼の裏にちらついて離れない。自分が今までとはまったく別の世界に立っているようだった。目の前に延びる道の先が楽しみで楽しみで仕方がない。

帰宅するとすぐ、少年の家の前で彼と落ち合った。玄関のドアをそっと開けた少年は、千秋の提案通り、自分の青いタオルケットを体に巻いていた。

少年の手招きで、千秋は初めて隣家に足を踏み入れた。むっとこもったような他人の家のにおいが鼻をつく。お互いに声を出さないのはもちろんのこと、動きもかたつむりのようにゆっくりして、物音を立てないように努める。家の中で寝ている母親に、千秋の侵入は絶対に知られてはならない。

間取りは千秋の家とほぼ同じだが、少年の住まいはずいぶん狭く感じられた。玄関や廊下に段ボール箱が積まれ、衣服やゴミも転がっているからだ。少年は玄関すぐそばの洗面所に千秋を案内した。ここにも使用済みのタオルや衛生用品のストックなどが散らかっており、奥にはトイレがある。薄い壁を隔てた洗面所の隣が脱衣所で、その先が例の浴室だった。玄関から廊下で洗面所、脱衣所の前を通り抜けた先がリビングだ。千秋の家はややリビングが広く、一部がこの家の浴室に隣接する形になっている。そのため、リビングから隣家の浴室の物音が聞こえてきたのだ。

千秋は洗面所の隅にぺたりと三角座りをした。その姿を見下ろす少年はまだ迷っているようだった。睫毛が、捕捉した昆虫の脚のようにぴくぴくと上下している。千秋は大丈夫、と頷いて見せる。少年が協力してくれないことには計画は成り立たない。千秋リビングに向かうよう目顔で促す。少年はようやく決意をかためたらしく、千秋から背を向けた。タオルケットにくるまれたその両肩はすっかり上がっていた。忍び足で廊下を歩き、リビングに入っていく。

洗面所で待機しながら、千秋はリビングの光景を想像した。少年の母親は朝に仕事から帰宅すると、リビングで酒を飲み、そのままソファで眠ってしまうというのがいつものパターンだという。午後を過ぎて、そろそろ眠りが浅くなっている頃だろう。少年は母親の邪魔にならないよう生活することが求められている。最近は千秋の家にこっそり遊びに来ているが、勝手な外出も厳禁だ。

千秋はリビングの方へ耳を欹《そばだ》てながら待ち続けた。しかし、向こうからは物音ひとつしないので緊張感は次第に緩み、退屈になってきた。少年は母親の言いつけを忠実に守っているようだ。計画時に千秋はその逸脱を勧めてみたのだが、彼は決して首を縦に振らなかった。となると、自然とことが起こるまで気長に待つしかない。

ずっと同じ体勢だといざという時にすばやく動けないので、千秋はときどき座り方を変えた。脚を伸ばしたりまた三角座りに戻したりを十回以上繰り返した頃、ひたひたと少年が近づいてくる気配がした。母親の起床時間が近づいてきたのだろう。

洗面所の入り口まで来た少年は、黙って千秋に頭を振って見せた。今日の挑戦は失敗に終わったようだ。一度も目を覚まさずにぐっすり眠って目覚めた後は、母親は機嫌がよく、爆発することは稀《まれ》らしい。少年はどこかほっとしているように見えた。千秋はちょっとがっかりしたが、機会は一度きりではない。そこで、少年の母親に侵入を気づかれないうちに、そそくさと隣家から退散した。

同じ試みは翌日以降も続いた。

千秋の両親が家にいる週末を除き、千秋は少年の手引きで隣家の洗面所に潜んだ。それに気づかずに少年の母親は連日リビングで安眠していた。彼女が繊細な質ではないことに、千秋は感謝した。

そして週明けに、とうとうその日はやってきた。

千秋が洗面所で膝を抱えていると、がちゃん、という音が響いてきた。やった。千秋は思わずごくっと唾をのみ込んだ。少年が何か物を落としてしまったらしい。わざとではないだろうが、あの音からすると落下物は床の上で砕け散っている。母親が眠るリビングで。

数十秒、沈黙があった。やがて、低い低い声が少年の名前を呼んだ。母親が目を覚まし、状況を把握したのだ。

「ごめんなさい」

少年の引きつった声が聞こえた。

早く。千秋はひやひやした。謝っている場合ではない。早く逃げなければ。リビングや廊下で少年が捕まって浴室に連行されてしまえば、計画は水泡に帰す。千秋の焦りに引っ張られるように、ぱたぱたと足音が聞こえてきた。少し間が空いて、廊下の床が重く軋む。少年が逃げ出し、母親が追ってきたのだ。母親の出足が少し遅れたのは、いつもは無抵抗な少年の動きが予想外だったからだろう。足音は打ち合わせ通りに洗面所に向かってくる。

千秋は洗面所の奥のトイレのドアを開け、片膝をついて待った。と、肩に青いタオルケットをかけた少年が飛び込んできた。ほとんど白目を剝いている。ちゃんと自分が見えているか不安だったので、千秋は奪うようにして彼からタオルケットを摑み取り、その背中をトイレに押し込んだ。音を立てずにトイレの戸を閉めると同時に、タオルケットを頭から引っ被り、床に伏せる。

ずしりとした足音が洗面所に到達したのはその直後だった。

タオルケットで視界が覆われているので、少年の母親の姿は見えなかった。ただ、近づいてきたにおいでその人を感じた。酒と洗濯物の柔軟剤と家のそこここに散らばっているゴミをまとめて混ぜ合わせたような、息が詰まるにおいだ。

千秋は亀のように床の上で体を丸め、じっとしていた。母親が自分を見下ろしているのがわかった。同い年の千秋と少年の背丈はほとんど変わらない。その上、少年愛用のタオルケットですっぽりとくるまれていれば、千秋の姿は少年と見分けがつかないはずだった。

果たして、千秋の頭上に少年の母親からの声が降ってきた。

「なに調子乗ってんだよ、おまえ。殺すぞ」

ぞくっとした。今、自分に愛が向けられようとしている。感動が身体的な振動となって千秋の被るタオルケット全体をぶるぶると震わせた。

それに煽られたのか、母親が千秋の肩を摑んできた。タオルケット越しでも皮膚に彼女の爪が食い込んでくる。千秋は両親を含めた誰にもこんな強い力を加えられたことはなかった。そのまま手加減なく、ずるずると引きずられる。浴室に連れて行かれるのだ。うまくいった。

移動の間、母親の口からは念仏のように言葉が漏れ続けていた。

「ばかが……おまえさえいなけりゃ、あたしだって……」

愛するがゆえに理性を失い、相手をできる限り傷つけようとする言葉だ。千秋はうっとりと耳を傾けた。これがほしかったのだ。

ほどなくして、腕や膝が冷たくなった。浴室に入ったのだ。まだ昨日の水の残っていた床が千秋の体をじわじわと濡らしていく。辿り着いた、という実感が湧き上がる。

一瞬、母親の手が千秋から離れ、タオルケットだけが摑み直された。その青い覆いを引き剝がされる。

「おまえが全部悪いんだからな」

千秋は頭をもたげた。

薄暗く、壁にカビの目立つ浴室。そして、目の前に、灰色のカミソリを握った少年の母親がいた。

立て膝をつき、自分と高さを合わせているので、千秋は相手の顔を至近距離で見ることができた。記憶していたより目が小さく、水でふやけたように見えたのは、化粧をしていなかったからだろう。それでも、むくんだ瞼で埋もれた目の奥は、千秋の望む色の輝きを発していた。

準備は整った。

千秋は期待を込めて母親を見つめた。

さあ、少年と同じように自分にも大きく×を、焼けた釘で抉ってほしい。

少年の母親を見上げる千秋の目は、きっと澄んだ冬の空の星々のように輝いていただろう。そのおかげで愛らしい顔つきになっていたはずだ。

しかし。

「え」

千秋を認めた途端、少年の母親の目から色があせた。

「何なの、あんた」

憑《つ》き物が落ちたような気の抜けた声。腕は自然に下がり、握ったカミソリは床に置かれた。

「あんた誰？　迷子になったの？　家はどこよ」

千秋に顔を寄せて聞いてくる。先ほどまでとは別人のような、鼻声といってもいいほどの優しい口調だった。

千秋は、頭の中が真っ暗になった気がした。自分は少年と違って、そもそも彼女に愛してもらう資格がなかったのだ。

闇の先にトランクルームが見えてきた。

平地にずらりと並んだコンテナ型のそれは明かりもなく、墓標のようだった。千秋は無意識のうちにためいきをつく。

替え玉作戦とは、今思うと明らかに無理のある試みだった。

いくら無分別に見える母親でも、息子と同じ場所にいたからといって別の子どもに愛を与えるはずがない。千秋に少年の代わりが務まるはずがなかったのだ。あの頃は千秋も幼かった。

ただ、かりに当時、常識的な判断を下せたとしても、刻まれた絶望は同じだった。親は我が子しか愛せない。生みの親は変えられず、彼らが自分に十分な愛情を持ってくれていなければ、それまでだ。あの日以来、千秋は肉親からの真実の愛は諦めた。

しかし、長じた人間は赤の他人を愛することができる。たとえば友情に恋愛感情。さらにいえば人間愛。

千秋は次はそこに可能性を見出すようになった。

小学校時代には同級生だった彩葉を見込み、愛を得ようと試みた。ところがそれは大失敗し、彼女ばかりでなく誰にもかまってもらえなくなった。そして、萌香の事件を受けて、今度こそ意中の人を見つけるつもりだった。だが実際は、千秋の目の前の世界はあまりに軟弱で、望むような人間が存在するのかも怪しい気がしてきた。自分がほしいものを手に入れられる日は来るのだろうか。

空の遠く遠くにひとつだけ、星が瞬いていた。

千秋はずっと、あの隣家の少年が誰よりもうらやましい。あの悲鳴が耳から離れない。

ふと思った。

二十年近く前、作戦に失敗して以来、あの少年には会っていない。存分に親の愛を受けて育った彼は今、どうなっているのだろう。

十一

パソコンの稼働音が引き潮のように消えた。

杏は通勤用のバッグを肩にかけたまま、いっそう唇を引き結んだ。パーティションの向こうで樹理が立ち上がる気配がする。残業に区切りをつけたのだろう。いつものパターンでは、帰宅前に給湯室へマグカップを洗いにいくはずだ。

そろそろとパーティションから顔を出す。フロアはところどころ電気が消され、がらんとしている。思った通り、給湯室へ向かう樹理の背中が見えた。まだそれほど遅い時間ではないが、ほかの社員の姿はなかった。営業職と事務職の業務の締め日が違うためだ。樹理は一手に会社の事務を引き受けており、通常の勤務ではまず期日までに仕事が間に合わなかった。そこで、締め日の数日前からサービス残業を続けることになる。さらに、会社の残業だけでは足りず、樹理は家に仕事を持ち帰っているそうだ。杏が樹理のデスクに目をやると、やはりそこにはパソコンからデータを移したとおぼしきUSBメモリが置かれていた。

給湯室の方からは、水を流す音が聞こえてくる。樹理は社内にいるのは自分ひとりだと思って気を抜いているだろう。たとえ杏が背後から近づいてもすぐには気づかないはずだ。

今この瞬間か、明日の早朝。

意識すると、バッグの持ち手がぐいぐいと杏の肩を締め上げてくるようだった。重い。中にハンマーが入っているからだ。

先日、大型スーパーで半ば衝動的にハンマーを購入した杏は、常にそれを持ち歩くようになっていた。その金属の冷たさと重みを心の芯に感じながら、繰り返し巻き返し想像した。事務職の締め日が近づいてくる頃には、それははっきりとした形を成していた。

今日は締め日の前日だった。終業後、杏は形骸化しているタイムカードに打刻をして、いったんは退社した。しかし帰宅はせず、二時間近く食事やウィンドウショッピングで時間をつぶしてから、密かに会社に戻ってきた。フロアに入り、ひとり残っている樹理に見つからないようにパーティションに隠れて様子を窺っていた。

杏は爪先立ちになって足を踏み出した。バッグの中のハンマーに手を伸ばす。自分の心臓がそこに移って、どくんどくんと音を立てているような気がした。大丈夫、大丈夫、と自分に言い聞かせる。そんなに難しいことではない。

杏がバッグの中でハンマーの柄をぐっと握った時だった。

「おまえ、まだいたのか」

フロアにがらがら声が響いた。

ぎょっとした杏は思わずバッグを取り落とした。中身が床に散らばり、ハンマーも先の方がバッグから飛び出してしまった。慌ててその場にしゃがみ、ハンマーをバッグの奥に押し込む。それから、ふりかえった。

「課長」

昼間に嫌というほど顔を合わせている中年男が立っていた。

「ノルマ未達成の反省文、まだ書き終わってなかったのか」

彼も一度社を出てから戻ってきたらしい。おそらくその間に一杯聞こし召したのだろう。呂律《ろれつ》が少し不安定だ。バッグの中身を拾い集めながら杏は取り繕った。

「いえ、忘れ物をして」

「それで荷物も床にぶちまけてってか。相変わらず愚図だな、おまえは」

「はは……」

杏は笑ってみせながら、内心では血の引く思いだった。そうだ、自分は愚図でのろまなのだ。ふつうにしていれば、人並みにほしいものを手に入れることもできない。だから。

「あれ、課長と杏ちゃん」

給湯室から樹理が戻ってきた。杏のつくり笑いからさらに力が抜けた。三人が顔を合わせてしまった時点で、今夜の計画の実行は絶望的だった。

「こんな時間に二人揃って何かあったんですか」

「いや、偶然だ。こいつは忘れ物をしたらしい。そんなふうに気が緩んでるから営業成績も上げられないんだ」

「課長は」

「俺は定期をデスクに置いたままで出てきてしまってな」

「何だ、課長も同じじゃないですか」

樹理は空気清浄機のように、妙に気まずい社内の空気を一掃した。

デスクに手を伸ばす課長と後片づけを始めた樹理に挨拶して、杏は先に会社を出た。

夜空に薄い月が凍ったように張りついていた。

もはや今日は帰宅するしかないので、地下鉄の駅へ向かう。明日の早朝の方が都合はいいのだ、と杏は思い直す。改札へ通じる階段を下りていくと、むっと息苦しくなるような暑さを感じた。空調がきいている上に、帰宅客で混み合っているのだ。杏はホームの端の方に進んだ。先頭車両が停車する付近は、まだ人気《ひとけ》が少なかった。そこにコートを腕にかけた細身の男性を見つけて、

「あっ」と杏は小さく声を上げた。

「ああ、お疲れ」

幻ではなかった。杏の声にふりかえったのは、間違いなく先輩だった。彼女の方に近づいてきてくれる。

「今まで仕事していたの？」

「いえ、ちょっと寄り道をしていて」

杏は相手にできるだけ自分の顔がすっきりして見えるように、首と背筋を伸ばした。終業時間をだいぶ過ぎたこの時間に、大勢の人が利用する駅の中で先輩に出会えるとは思わなかった。今まで考えていた前後を忘れて、ぼうっと頬が熱くなる。

「先輩も用事があったんですか」

「うん、買うものがあってね。これから家に帰るところ」

先輩が提げている紙袋を見て少し気持ちが陰った。その紙袋のロゴは女性向けのブランドのものだったからだ。樹理へのプレゼントだろうか。杏はあまり深く考えないことにした。今はただ、先輩と一緒にいられる時間を大切にしたい。

ぽつぽつと言葉を交わしていると、まもなく電車が到着する旨のアナウンスが流れた。ごうっという走行音も聞こえてくる。

「先輩もこの電車ですか」

杏は尋ねながら、ちらりと電車のやってくる方を見やった。すると、仕事帰りらしい若い女性の姿が目に入った。ふらふらとした足取りでホームを横切っている。酔っているのだろうか。だが、それにしては進行方向に迷いがなく、足が速い。電車はすでに目視できる距離にまで近づいてきている。

「どうしたの」

先輩が杏の視線に気づいて聞いてきた。

「あの人……」と、杏が女性を目で示した時だった。

ひらり、と女性が線路に飛び込んだ。そこに、野生動物の目のようにヘッドライトを光らせた電車が突っ込んでくる。

自分の前で突発した出来事に、杏は立ち竦んだ。窓から投げ捨てられた衣のような女性が電車に吸い込まれていき……。

ふいに目の前が真っ暗になった。

直後に、甲高いブレーキ音と鈍い衝突音が鼓膜を揺るがした。

どよめきと悲鳴が交錯する。

何が起こったのか。杏は瞬きを繰り返した。何も見えない。

「じっとしていて」

すぐ近くで先輩の声がした。どきりとして杏が身動きすると、顔に何かがあたった。

同時に、闇の中で先輩の温《ぬく》もりに包まれていることに気づく。

「そのままにしていて。大丈夫だから」

また先輩のささやきが降ってくる。

「今は見ちゃ駄目だ」

それで杏は自分が先輩のコートを頭から被っていることを察した。目の前で人身事故が起こった瞬間、先輩がとっさに自分のコートをかけて杏に目隠しをしたのだ。

杏は息を詰めて彼の言う通りにした。視界は塞がっていたが、物音は布越しに届いてくる。大勢が騒ぐ声、ばたばたと続く足音、ほとんど絶叫に近い駅員の誘導。

「うわっ、ひでえ」「バラバラだ」という声も聞こえた。きっとすぐそばに凄惨な光景が広がっているのだろう。

自殺だ。杏は突っ張った手足がみるみる冷えていくのを感じた。つい先ほど見かけた女性は、自分の意志で線路に飛び込んでいた。ホームに入ってきた電車にまともにぶつかったのだ、おそらくもう生きてはいまい。

「移動しよう」

先輩の声がなければ、杏はずっとその場から動けなかっただろう。

「このまま進むといい。俺が誘導するから」

杏はコートを被ったまま頷くのが精いっぱいで、先輩が腕を引いてくれるに任せた。先輩は彼女を導く手に決して力を込めなかった。前が見えている人間ならもどかしいに違いない速度で、少しずつ進んでいく。それでも、杏は小さな段差に躓《つまず》いたり、未だに事故現場を目撃して上がる悲鳴で足が竦んだりした。

「頑張れ」と先輩が耳元で励ましてくれる。

「あと少しでエレベータだ」

さすがに目隠しした状態で階段を上るのは難しいと考えているのだろう。背後でエレベータのドアが閉まる気配がした後、

「もう大丈夫だ」という言葉を聞いて、杏は頭からコートを取り外した。自分の前に立っている先輩を確認して、声を上げそうになる。

彼の白いシャツには点々と血が飛び散っていた。命を絶った女性のものだろう。それだけ近くで事故が起こったということだ。色が濃いので目立たないが、ダークスーツのジャケットの腕の部分も、黒く濡れていた。杏の体は先輩のコートで覆われていたので無事だった。

「先輩……」

「俺は平気だ」

先輩は杏からコートを受け取りながら言った。

「でも、先輩の服が」

「コートを着たら家に帰るまでくらいならごまかせるよ。もうあの路線はしばらく動かないだろうから、バスかタクシーを使おう」

さまざまな思いが往来したが、杏はうまく言葉が紡げずに、ただ先輩を見上げていた。すると、彼はネクタイを緩めながらほほえんでみせる。

「いきなりコートを被せて悪かったけど、女の子にはああいう光景はちょっときついだろ」

その顔は少し上気していた。平気だとは言っているが、目の前で起こった出来事に衝撃を受けていないはずはない。

杏は何だか泣きそうになった。

どこまでこの人は優しいのだろう。

先輩は自分の衣類を犠牲にして、杏に凄惨な現場を見せまいとしたのだ。

大丈夫なのに。

妙な罪悪感が杏の口の中を苦くした。

杏は血に強い方で、それを目にして気分が悪くなったことはない。昔、大量に見たこともある。姉が死んだ時に。

そんなことも知らずに、先輩は一瞬の判断で自分を守ってくれた。

やっぱり好きだ。どうしようもなく。

エレベータの扉が開いた。杏と先輩の間に冷えた夜気が吹き込んできた。

翌朝、杏は日の出前に自宅を出た。

バッグの底で出番を待つハンマーは、いっそう重みを増してきているような気がした。警察に職務質問をされてバッグの中を点検されるようなことがあれば、何と説明すればいいのだろう。今さらそんなことに思い至り、杏は少しびくつきながら地下鉄に乗り込んだ。

昨日の事故はすっかり片がついていた。遅延もなく電車は運行し、降り立った会社の最寄り駅もいつも通りの清潔さを保っていた。よほど注意して見ない限り、地面の血の跡もわからない。あの女性の存在していた痕跡は消え去っていた。人間はいなくなればそれで終わりなのだ。

心配した警察官を見かけることもなく、杏は会社に到着した。しばらく社屋の近くに隠れて待機する。すると、樹理がやってきた。朝一番に出勤して会社の鍵を開けるのは彼女の役目だ。ただし、締め日の今朝は普段よりも三十分以上早い。前夜、持ち帰りで仕上げた仕事のデータを会社のパソコンに移すためだ。

樹理の後を尾《つ》けるように杏は続いて会社に入った。タイムカードは押さずに、忍び足でフロアに入る。樹理は自席に着いたところだった。バッグからＵＳＢメモリなど仕事に必要なものを取り出してデスクに並べている。杏のこれまでの観察では、まず仕事を始める前に席を立ち、給湯室にお茶を淹れにいく。

杏は静かにハンマーを取り出した。こちらに背を向けている樹理は、自分以外の社員の出勤にまったく気づいていない。

ハンマーもそれを握った手も、冷えきっていた。ただ心臓だけが熱く、激しく暴れている。

先輩。

顔を思い浮かべる。あの優しいまなざしを失いたくない。

心臓の熱がハンマーに注ぎ込まれていく。鉄の塊が体と一体化する。杏は一歩を踏み出した。

その時、ある考えが流れ星のように頭をよぎった。

もし樹理に何かあれば、優しい先輩はどれほど哀しむだろうか。

何ら特別な感情を抱いていない後輩の杏のことさえ思いやって、代わりに血を浴びてくれるような人なのだ。親しい、もしくはすでに愛しい相手が傷つけば、先輩も影響を受けるだろう。親との関係がよくなかったことを語った時に、彼が一度だけ見せた暗い目。きっとそれよりもっと黒く深い色に、彼の目は染まるだろう。

嫌だ。地面に縫いつけられたように杏の足が止まった。先輩のそんな顔は見たくない。

だらりと杏の腕から力が抜け落ちた。

その風圧を感じたように、樹理がふりかえった。

「……びっくりした。杏ちゃん、来てたの」

「お、おはようございます」

見開かれた彼女の目から、杏はさりげなく手を背中に回してハンマーを隠した。

「ずいぶん早いじゃない」

「何だか早くに目が覚めちゃって」

一応、嘘ではない。

「それで早朝出勤するなんて感心だね。……そうだ」

樹理は両手を合わせた。

「昨日、お客さんからバームクーヘンをもらったの。あの、注文してから二年待ちだっていうところの」

彼女は杏も知る有名店の名前を挙げた。

「社員さん達に平等に配ろうと思っていたんだけど、今から二人で食べちゃおうか。みんなで分けるには量が少ないんだよね」

「そんな」

「大丈夫。まだしばらく誰も出勤してこないはずだし。これくらいの役得がないとやっていけないよ。社長用のいいコーヒーもあるから、一緒にもらっちゃおう」

にこっと杏に笑いかける。それから、樹理はパソコンに向き直った。

「ちょっとだけ待っててね。このデータだけ移すから」

彼女の後ろ姿を、杏はまともに見られなかった。

自分は今、この人を攻撃しようとしていたのだ。何の罪もない、自分によくしてくれる人を。

恥ずかしさに息が詰まる。最低だ。樹理がいなくなってくれたらいいのに、と考えるなんて。

背中に隠しているハンマーで、彼女のＵＳＢメモリを叩き潰そうと考えていたなんて。

樹理のデスクに置かれたUSBメモリには昨夜彼女が自宅で処理した仕事のデータが詰まっている。給湯室に入った隙に、杏はそれを破壊しようと目論《もくろ》んでいたのだった。今の時点でデータがなくなれば、もう締め日には間に合わない。職場のすべての業務が滞り、給料の遅配も発生する。

しかし、樹理は会社に対して弁解ができない。ちゃんと仕事は仕上げていたのだが、何者かにUSBメモリを壊されたとは訴えられない立場にあった。彼女の扱う社内の情報は個人情報等を含むので、社外への持ち出しが禁止されていた。もっとも、ひとりで処理しきれる仕事量を超えているので、普段は会社も樹理の行為を黙認している。だが、表沙汰になれば樹理は処罰の対象となるだろう。

この狭量な会社は、優秀な社員の一度の過ちを許さない。おそらく樹理を首にするだろう。激務に追われる先輩との間に物理的な距離ができれば、彼と樹理との関係にも変化が生じるはずだ。その樹理が退いた隙間に、先輩と同じ職場の自分が入り込むというのが杏の算段だった。

何と陋劣《ろうれつ》なことを考えていたのだろう。自分はどうかしていた。

杏はそっとハンマーをバッグに戻した。誰かが傷つくのは、嫌だった。

あの夏の日のことを思い出す。姉と最後に過ごした夏。

伯父夫婦からの招待を受けた高校生の杏と姉は彼らのクルーザーに乗船した。後部デッキで二人きりになった時、姉は杏のブレスレットを取り上げた。杏が伯母に買ってもらったお気に入りだった。

自分から何もかも奪おうとする姉に杏は怒った。伯父がお守りとしてそこに置いていたハンマーを取り上げて威嚇しようかと思うほど腹が立った。

だが、実際の杏にはそれほどの勇気はなかった。ただ、

「返して」と繰り返すことしかできなかった。

怒りに震える杏を前にしても、姉は平気な顔をしていた。ひょいとデッキの手すりに腰掛け、妹の意気地なさを嘲笑うように、取り上げたブレスレットを掲げ、海風に靡《なび》かせた。

と、クルーザーががくんと上下した。大きな波を受けたのだろう。

「あっ」

手すりの上で水着姿の姉の体が浮き上がる。次の瞬間、杏の前から消えた。クルーザーから落ちたのだ。

杏は慌てて手すりを摑んで下の海を見た。そこに濃いオレンジの塊が浮かんでいる

のが見えて、胸を撫で下ろす。杏と同じく、姉もまだ水着の上からライフジャケットを着ていたのだ。そのため、姉が溺れる心配はなさそうだった。ただし、こうして見ている間にもクルーザーは姉を残して離れていく。

「助けて」と海上から姉が叫んだ。

言われなくてもそうするつもりだった。杏は、

「待ってて」と叫び返した。そうして、あたふたと周囲を見回す。クルーザーの走行音が邪魔をして、伯父夫婦が後部デッキでの出来事に気づいた様子はない。杏が操縦室まで知らせにいくしかないが、その間にも船は進むので、姉は遭難してしまうかもしれない。

迷った杏の揺れる視界に、あるものが映った。ハンマーの置かれた椅子のそばに、白いロープがとぐろを巻いていた。船体を係留するためのものか、もしくはまさに救助用の道具なのか。素人に判断はつかないが、杏はそれを摑んで再び手すりから身を乗り出した。

幸い、姉はまだ目視できる距離に浮かんでいた。髪の毛が張りついた彼女の顔は大きく歪んでいた。

「杏、ごめん」

塩水を飲みながら、ごぼごぼした声で叫んでくる。杏の姿が見えなくなったので、見捨てられたのかと不安に駆られたのだろう。仕返しをおそれたのかもしれない。無論、杏の方にはそんな気持ちは毛頭なかった。一刻も早く姉を助けることしか考えられなかった。

「許し……」

「これに摑まって」

杏は叫びながらロープを握った手を大きく振りかぶった。球技には自信がなかったが、うまい具合にロープの先端は姉のそばの海面に落ちた。姉がすばやく摑んだのを確認して、たぐり寄せる。クルーザーの進行方向だということもあり、思った以上に順調に姉の体が船体に引き寄せられていく。助かった、と杏が思った時だった。

「えっ」

急に強い力でロープが引かれた。杏の掌に熱い痛みが走り、ロープが海の方へ延びていく。何が起こったのか。理解できないまま、杏は全身に力を込めて姉に繫がるそれを手放すまいとした。

その直後だった。ぐしゃっという感触が、ロープ越しに伝わってきた。何かが容赦なくつぶされた感触。

事態が把握できなかったが、不吉な予感がした。

「お姉ちゃん?」

返事はなかった。海を見ると、そこに姉の姿はなく、彼女の影だけが残っていた。

いや、違う。血だ。

クルーザーの船尾から、じわじわと赤黒い血が広がっていく。

杏は悲鳴を上げた。

それから後のことは、あまりはっきり覚えていない。記憶というより説明された事実として、杏の中には収められている。

姉はロープごとクルーザーのスクリューに巻き込まれたのだった。即死だったというのが専門家の見立てだった。姉の遺体はいったん自宅に帰された後、葬儀が行われたが、その棺の蓋は最後まで閉ざされたままだった。

誰も杏を責めなかった。姉の死は不幸な事故とされた。海に落ちた人間をロープで救助しようとするのはごく自然な行動だった。杏は両親を含めたあらゆる人々から労《いたわ》られさえした。

伯父夫婦との付き合いは自然と途絶え、姉のいない生活が始まった。

目の前の障壁がなくなったことで、確かに杏は数々の利益を得た。杏が意図して姉を排除したわけでもない。

だが、姉を失った哀しみ、後味の悪さは現在に至るまで彼女の心に根を張っている。姉が生きていてくれるなら、杏は周囲に愚図でのろま扱いされ続けてもよかった。誰かが傷つくくらいなら、自分は何もほしくない。

人は笑うかもしれない。法に触れるような行為はやりすぎにしても、多少は人を蹴落とさないと世の中は渡っていけない。もともとぐずぐずしている上に、そんな弱腰でいるから、舐められるのだ。新卒で入ったIT企業でも、毅然《きぜん》とした態度を取っていれば、理不尽な契約解除の憂き目に遭わなかったのではないか。そうやって今までずっと損をしてきた。それが未来へ続くことも目に見えている。

だが、杏にはその生き方しかできないのだ。格好をつけたり、矜持《きょうじ》を持っていたりしているわけではない。ただ、生まれついての性格的にできないのだ。人を虐げるくらいなら、自分が虐げられる方がましだ。

「樹理さん」

息をひとつ吸って、杏は声をかける。

「今晩、一緒にごはん行きませんか」

終業後、杏と樹理は駅近くの創作居酒屋に寄った。

樹理にどこに行きたいかと聞かれて、全席個室になっている店を杏が選んだのだ。

いつものように好きなだけ料理を頼み、まずは仕事の愚痴をひとしきり言い合いながら箸を動かす。一緒に流し込むのは日本酒だ。

やがて、注文した皿があらかた空になった頃、

「樹理さん」と杏は切り出した。向かいの樹理がこちらを見る。

「樹理さんの好きな人って、どんな人ですか」

杏の中で完全に思い切りをつけるためだった。

もし今、先輩を得るために樹理を陥れるような所業に手を染めれば、死にたくなるほど後悔するだろう。だが、それがわかっていても先輩を諦めるのはつらい。そこで、樹理から何か引導代わりになる言葉を聞きたかった。

「私の好きな人のこと？」

樹理は小首を傾《かし》げて杏の質問の意味を考えているようだった。もしかすると杏の恋心まで見抜いているかもしれない彼女は、決して先輩の名前を口には出さないだろう。

しかし、質問の答えははぐらかさなかった。少しの間をおいた後、

「とても優しい人」

樹理の目がやわらかな曲線を描いて細められた。

「優しすぎて、相手のことばかり気にして、自分のことを後回しにしちゃう人。一緒にいると、ちょっと心配になるくらい」

わかる。杏の心がじくじくと疼《うず》く。昨夜嗅いだ先輩のコートのにおいまで鼻先に甦る。

「あと、桜が好きな人。満開の桜を見ると、子どもみたいにはしゃいじゃうの」

それは知らなかった。杏は秋に入社したので、それ以前の先輩の姿を見たことがない。

「だから、桜の時期はけっこう大変。休みごとにあっち行こう、こっち行こうって。斜岡はもちろん、出入野や神泣《かんなき》まで足を延ばすの。人混みとか空気の悪いところは苦手なのにね」

大切な人のことを語る樹理の表情も、この上もなく優しかった。アルコールが入っているせいもあるのか、言葉の端の方はとろけるような響きを帯びている。立場上、明かせないだけで、すでに彼女と先輩は正式に交際しているのではないかと杏は感じた。二人がともに歩んできた軌跡は、自分とのそれよりはるかに長く太いのだ。

目元に熱い涙が込み上げてきた。それをぐっと眼球の裏側に押し込んで、

「すてきな人ですね」

さようなら、という思いを込めて、杏は言った。

十二

休日がきた。

千秋は正午まで布団にくるまっていた。出入野に出かけなければと思うのだが、なかなか起き上がれない。

犯人だと確信していた小野寺が薬物所持で逮捕されて以来、千秋はすっかり気が抜けていた。萌香を殺した犯人は必ず存在するはずだ。理屈ではわかっているが、何だかその男を見つける自信がなくなっていた。調査の過程で周囲の人々から優しさという上っ面の感情ばかりを浴びせられ、活力が減退していたのだ。

また、萌香の通っていた大学に行きづらくなったということもある。あからさまな態度は取らなかったが、ピアノサークルのメンバーは千秋を訝《いぶか》しげな目で見始めていた。何しろ小野寺が逮捕された現場には千秋もいたのだ。もともと素性がはっきりしない自称科目履修生が怪しく映るのは当然だろう。実際、正体がばれるのもまずいので、今後は大学の出入りを控えるつもりだった。すると、出入野に行っても情報を集めるところがあまりない。

それでも、千秋は昼過ぎに布団の中から脱した。とりあえず、出入野へ向かわなければ。まさか犯人の手がかりが県を隔てた斜岡に転がっているということはないだろう。

電車に揺られる間、スマートフォンで萌香のSNSを読み込むことにした。

生前の萌香はある時点で犯人と接触していたはずだ。それはどこだったのか。

萌香のSNSからは彼女の活動範囲と交友関係が窺えた。その日々は学校かアルバイトか就職活動で占められていた。一緒に遊んでいた友人は同じ大学の学部やサークルの人間が多い。一応、千秋が学内で確認した面々で、全員女性だ。小野寺や城下に気を遣ってか、萌香はあまり異性とかかわらなかったようだ。

大学の友人以外では、たまに高校時代までの友人と会っていた。SNSからその性別は判断できなかったが、千秋は何となく、犯人は彼女の古い知り合いではない気がした。二人に接点ができたのはせいぜいここ一、二年のことなのではないだろうか。

犯人は情熱的な愛情の持ち主なのだ。何年も前に萌香と知り合っていれば、彼はもっと早くに彼女を殺していただろう。

また、学年や年度は違えど、千秋は小学校から高校まで萌香と同じ学校に通っていた。理想の相手といっていい犯人が自分の生活圏内にいれば、見逃さなかったに違いない。

萌香のアルバイト先の人間関係も千秋はひと通り把握している。彼女はアルバイトの中ではベテランにあたる方で、職場では信頼を得ていたようだ。ただ、奈央を含め、オーナーや店員達とプライベートの付き合いはなかったようだ。たちの悪い客につきまとわれていたという話も聞かない。

学校と職場、双方に犯人の影が見あたらないとすれば、残るは就職活動の場だ。萌香は初め斜岡での就職を目指していたが、すぐに勤務地の希望を地元の出入野に切り替えた。彼女は内定が出るまで何社企業を回ったのだろうか。そして、その中で犯人と出会ったのか。

萌香がどのような企業の選考を受けていたのか、今になって千秋が把握することは難しい。内定していた建設会社の名前くらいはわかるだろうか。そこに犯人が勤めている可能性はある。萌香の両親から内定先を聞き出すために、これから彼女の家を訪ねようか。

しかし、どうにもやる気が出ない。

取るべき行動を決めかねているまま、出入野に到着した。

改札を抜けて駅舎の外に出る。駅前はそろそろ春の気配を帯び始めた陽光に包まれている。道行く人々の表情は穏やかで、皆優しさに溢れているように見えた。軽い人間不信だ。

そんなことを考えながら歩いていると、千秋は空腹を覚えた。食事を用意するのが面倒で、コーヒー一杯を飲んだだけで家を出てきてしまったのだ。まずは腹ごしらえをすることにした。何を食べようか。

真っ先に思い浮かんだのは、コトリのモーニングセットだった。前回、注文した時は食べきれなかった。千秋が席に着くなり榊が興醒《きょうざ》めな謝罪をしてきたからだ。それですっかり食欲がなくなってしまったのだが、供された料理自体はすばらしかった。特にワッフルは絶品で、かりっと表面が香ばしく焼けた生地とメープルシロップの相性が抜群だった。

思い出すと急に食べたくなり、千秋はさっそく足をコトリへ向けた。すでにモーニングの時間は終わっているが、単品でもワッフルは提供されている。確か、生クリームやフルーツやアイスクリームがトッピングされたものもあったはずだ。

トランクルームには寄らないことにした。コトリを訪れるのに萌香の格好をする必要はなかった。今日は榊の勤務日ではないし、そもそも腰抜けであることが判明した彼に愛想を振りまく意味もない。

「いらっしゃいませ……えっ、千秋ちゃん？」

店に入ると、千秋を見つけた奈央が目を丸くした。思えば、普段の格好でここに来るのは初めてだ。これまでとはずいぶん印象が違うのだろう。

奈央はよほど気になったようで、

「千秋ちゃん、何かあった？」

注文を聞きにきた時に、声を落として尋ねてくる。

「顔色悪いよ」

格好が違っているばかりでなく、元気のなさが見た目にも表れているようだ。千秋はほほえんでみせたが、奈央はいっそう眉をひそめた。

「もしかして、榊さんのこと？」

「そんなところかな」

要因のひとつではある。

「振られちゃったとか？」

千秋は曖昧に頷いた。こっちが勝手に期待して失望しただけだが、破局したことには違いない。

奈央は千秋の注文も確かめようとせず、伝票ホルダーを握りしめたまま、少し黙っていた。やがて、

「千秋ちゃん、この後時間ある？」と言い出した。

「あるけど」

「私、あと二時間くらいで店を上がるの。その後で会えないかな？　ちょっと早めの晩ごはんってことで」

何か言いたいことがあるらしい。特に予定もないので千秋は承諾した。それから、なぜだかついでのような形でワッフルを注文した。


待ち合わせの場所に奈央が指定したのは、昼間から開いている大衆居酒屋だった。女性の姿は見あたらず、カウンターに居並ぶ客は中年以上の男性ばかりだ。コトリで働く奈央の印象にはそぐわない。千秋は隅の方のテーブル席に腰を落ち着けた。店の壁には手書きの食事メニューがずらりと貼られていたが、飲み物だけを頼んだ。す

でに生クリームたっぷりのワッフルを平らげたので満腹だったのだ。レモンサワーをちびちび飲みながら待っていると、

「ビール、大ジョッキでください」

店に奈央が現れた。カウンターに一声かけてから、こちらにやってくる。初めて見る私服姿だ。ふわりとしたネイビーのワンピースは、彼女の勤務先の制服と雰囲気が似ている。千秋がそのことを指摘すると、

「だってコトリは制服がかわいいって有名な店なんだもん」

ビールを運んできた店員に続けて肉豆腐やポテトサラダを注文してから、奈央は応じた。

「あの店で働きたい女の子の目的はだいたい制服だよ。カテリーナとかの系統の服が好きで、あの制服を着てみたいの。だからって……あーむかつく」

まだ酔ってもいないのに、奈央はいきなり大声を出した。千秋は驚いたが、店内は全体的に騒がしいのでほかの客達はふりむきもしない。それで奈央がこの店を選んだ理由がわかった。

彼女はジョッキをぐびり、と傾けると、上目遣いで千秋を見た。

「千秋ちゃんも榊さんにひどい振られ方をしたんでしょ？」

「私のことはいいよ。今日は奈央ちゃんのことを聞きにきたんだから」

千秋ははぐらかした。自分の心理は他人に話せるものではない。

「奈央ちゃん、どうしたの？　榊さんと何かあった？」

「そう、榊っ。ああ、名前を聞いただけで腹が立つ」

榊の名前とともに音を立ててテーブルに置かれた奈央のジョッキは、すでに半分以上なくなっていた。彼女は成人していただろうか、と千秋はちらりと思う。

「何なの、あいつ。急に休みたいって言ってきた時は、私が代わりに夜のシフトに入ってあげたじゃん。体調の悪いふりをしてずる休みしていたことは知ってるんだからねっ、ばか」

「まあまあ、奈央ちゃん」

このままでは話が摑めないので、とりあえず宥める。折りよく料理が運ばれてきたので、皿に取り分けて差し出す。さらに、千秋は焼鳥やおでんを追加で注文した。

「バイトお疲れさま。まずは食べようよ」

食事をさせると、ようやく奈央は少し落ち着きを取り戻した。

「私、今月でコトリのバイトは終わりなの」

二杯目のジョッキを持ち上げつつ、先ほどよりは理知的な口調で話し出した。

「そうなんだ。就活始めるの？」

「ううん、就活はまだ。コトリを首になったの」

意外だった。萌香亡き後、奈央はアルバイト達の中でも中心的な存在だった。だからこそ、千秋は声をかけて仲良くなったのだ。彼女が解雇に繋がるような大きなミスなどを犯すとは思えない。

「濡《ぬ》れ衣《ぎぬ》を着せられたの」

ゆらっと奈央の瞳の表面が揺れた。

「あのかわいい制服のことで」

制服は正社員、アルバイトともに貸与されている。勤務時間以外は更衣室のロッカーに保管して店の外には持ち出さない決まりだ。

一週間ほど前、その奈央の制服がなくなった。もちろん、彼女の身に覚えはない。仕方なく予備の制服を着て働いていたが、後にそれが売りに出されていることが判明した。

「見てよ」

奈央はテーブル越しにスマートフォンを突き出してきた。そこには、大手フリーマーケットアプリの画面が表示されていた。スクリーンショットのようだ。確かに、コトリの制服とおぼしき白いエプロンつきの黒のワンピースが販売されている。販売価格は十万円と、ずいぶん高額だ。「某有名純喫茶の制服です。バイト先で譲ってもらいました」と出品者からのコメントがついている。

「これを見つけたコトリのオーナーが激怒して。私がやったんだろうって」

「それで仕事を首になったの？」

「そう。でも、私はもちろんやってない。もし本当に制服を盗んで売り飛ばそうとしたら、こんなにすぐに足のつくやり方をしたと思う？」

奈央は次々とスクリーンショットを表示させた。それで千秋は、制服の出品者がNAOであること、着用イメージとして制服を着た彼女の写真が載せられていることを知った。写真は首から下を撮ったものだが、コトリにかかわる人間が見れば奈央だとすぐわかるだろう。

「確かに、盗品を売るにしては出品者が素性を明かしすぎていて、かえって不自然だね。それをコトリのオーナーに説明しなかったの？」

「したよ。でも、オーナーはITに疎いの。それにあの人、人のいいおじいちゃんみたいに見えてけっこうきついんだ。前は榊のほかにもうひとり正社員がいたんだけど、その人もある日突然、首を切られたの。コーヒーの味がわかってないっていう理由で。

彼、すっかり飲食業界で働く自信をなくして、今はふつうの会社員をやってるんだって」

奈央の鯨飲《げいいん》のピッチが再び上がってきた。

「だから、私のことも思い込みで嫌になったんでしょ。私じゃないって弁解しても全然信じてもらえなくて。ほかのバイトの子達は、私の言い分を聞いてくれたけど、心の奥ではどう思っているかわからない。何だか女子更衣室の空気も微妙になっちゃった。このまま泥棒扱いされるのは嫌だから、ちゃんと捜査してもらうために警察に通報してほしいって訴えても却下。店の中で盗難事件があったことを表沙汰にしたくないみたい。そんなばかみたいな理由で、大学入ってからずっと続けてきたバイトを首になっちゃった」

「奈央ちゃん……」

「私、嵌《は》められたんだと思う」

奈央は三杯目のジョッキを取り上げた。

「この制服の出品のページ、オーナーに見せるためだけにつくられたんじゃないかな。私達が見つけた後、出品はすぐに取り下げられたの。だから今は捜しても見つからないし、出品者と連絡も取れない。初めから売る気なんてなかったんだよ」

千秋は彼女の訴えたいことが読めてきた。

「奈央ちゃんを嵌めたのが、榊さんだと思うの？」

「そうだとしか考えられない」

それで奈央は榊への恨み言を述べていたのか。ただ、気の小さい榊が学生アルバイトの制服を盗むようなことをするかは疑問だ。すると、千秋の感想を読み取ったように、

「私だって何の根拠もなしにこんなことを言ってるんじゃないよ」

うっすら朱を帯び始めた目元で奈央は睨んできた。千秋は手を振る。

「別に奈央ちゃんを疑っているわけじゃないよ」

「これを知ったら千秋ちゃんも怪しいって思うよ」

奈央は指を立てた。

「まず、制服がなくなった時の状況。早番で開店前に出勤した時に制服が見あたらなかったの。その前の日は私、遅番で、閉店まで制服で働いてた。だから、夜の間に盗まれたの。あの夜に遅番でシフトに入っていたのは私と榊だけ。しかも、榊は私が帰った後も最後まで店に残って戸締まりをしていたの。ちなみに翌朝、一番に出勤して店を開けたのも榊。きっと夜に私が帰った後、あいつが更衣室に入って制服を盗《と》った

んだ」

店員向けの更衣室は男女で分かれており、夜間などは施錠されるが、鍵を管理しているのは榊なのだという。正社員が制服を定期的にクリーニングに出すためだ。そして、更衣室の中にある、奈央達アルバイトにひとつずつ割りあてられたロッカーには鍵がつけられていない。

「夜中のうちに誰かが店に忍び込んだ可能性もあるけど、制服一着だけ盗んでいくなんておかしいでしょ。店や更衣室の鍵を開けるのも難しいだろうし」

「まあ、そうだね」

そもそも店に侵入困難な部外者に対して、榊なら簡単に制服を掠め取ることが可能だ。ただ、彼は店に信頼されて鍵を預けられている。そんな正社員に悖《もと》るような行動を取るだろうか。

「これだけじゃないの」と奈央が指をもう一本立てる。

「私が一番怪しいと思ったのは、盗まれた制服が出品されているのを見つけてきたのが榊だったからなの」

「どういうこと？」

「制服がなくなって最初のうちは、オーナーも特に私を疑っていなかったの。何でだろうねって感じで。それが急によそよそしくなった。バイトの子に聞いたら、私がいない時に榊がオーナーにスマホの画面を見せていたみたい。制服はこのサイトで売られています、出品者は奈央さんみたいです、首から下だけなら写真も載っています、って告げ口していたの」

奈央の言いたいことがわかり、千秋の中でも榊への容疑が濃さを増した。だが、礼儀として一応、穏当な反論を試みる。

「榊さんが偶然、その出品を見つけたからじゃないの」

「そんな偶然ある？」

奈央は思いきり額に皺を寄せた。

「今時、フリマアプリもそこに出品されているものも、星の数ほどあるんだよ。その中で榊はどうやってなくなったコトリの制服を見つけたの？　出品されていた制服は某有名純喫茶のものだと紹介されていただけで、コトリとは一言も書かれていなかった。それを榊は制服がなくなった次の日には見つけ出してみせた。おかしいと思わない？」

「榊さんが盗んだ制服を奈央ちゃんに見せかけて出品して、それをオーナーに見せたってこと？」

「オーナーに私が制服泥棒の犯人だって勘違いさせるためにね。やり方が汚いんだから」

奈央の声がまた大きくなってきた。今度は焼酎を呷《あお》る。千秋も同じものを少しずつ啜りながら、

「理屈は通るけど」と控えめに応じる。

「何で榊さんがそんなことするんだろう。奈央ちゃん、恨みを買うようなことはしてないでしょ」

「もちろん。だいたい仕事以外の付き合いはないもん。だからよけいに意味不明でむかつく。何で私がコトリを辞めなきゃならないわけ」

「榊さんが怪しいって話、オーナーには話したの？」

「まだ。証拠がないから、下手に訴えたら榊を陥れようとしているみたいじゃない？オーナーがますます私のことを誤解しちゃう。でも私、諦めない」

奈央は音を立ててテーブルにグラスを置く。

「このまま泣き寝入りなんかしたくない。絶対に無実を証明して、榊に落とし前をつけさせてやるんだから」

酔いと興奮で、奈央の目は鳥のそれのように充血していた。

千秋はぬるくなった焼酎を口に含んだ。彼女の憤りと意気込みは伝わってきたが、個人的にはあまり興味がない。すでに榊が萌香を殺した犯人でないことがわかっている今では、彼が誰に何をしようと知ったことではないのだ。コトリに寄り道などせず、萌香の就職先を聞きに彼女の家へ行けばよかった。

そこで、

「千秋ちゃんはどう思う？」と同意を求めて身を乗り出してきた奈央に対して、

「応援してる。がんばって」

千秋は優しさという人付き合いの条件反射に身を委ねた。今夜の会計は自分ひとりで持ってあげることにした。

居酒屋の前で奈央と別れた頃には、闇が街の隅々にまで染み入っていた。

千秋は萌香の家へ寄るのは諦め、帰宅することにした。結局、奈央の愚痴を聞きにはるばる斜岡から出入野までやってきたようなものだ。

駅に向かう前に、トランクルームに寄ることにした。そこには萌香の衣類のほかにいくつか私物を置いていたのだが、自宅に持って帰りたいものがあったのだ。

人気のないだだっ広い国道を歩いていると、頭上からかすかに唸《うな》り声のようなものが聞こえてきた。厚い雲の中で雷が燻《くすぶ》っているようだ。もうじき雨も降ってくるかもしれない。

それでも、千秋の歩みは捗らなかった。今日一日で大したことはしていないにもかかわらず、体に疲れが纏わりついていた。

自分のやっていることは正しいのだろうか。萌香の殺害事件に対して、愛に溢れた犯人像を勝手に想像し、自分ひとりで舞い上がっているだけのような気がしてきた。

次第に声を大きくする雷鳴の中、千秋はトランクルームに辿り着いた。夜なので周囲にほかの利用者の姿はない。だいたい、地価の安いこの地で野晒しのコンテナ型の収納スペースに需要があるのだろうか。今まで千秋はここで人影を見たことがない。

鍵を差し込み、ドアノブに手をかける。ドアが開かない。千秋はもう一度鍵を回した。すると、今度はドアノブが動いた。前回訪れた時に施錠を忘れてしまったのだろうか。そんなことを思いながらドアを開けた。

その時、かっと空に稲光が走り、地上一帯をも明るく照らした。千秋の開けたドアの向こうが、白く染まる。

どどん、と腹の底に響く雷鳴が落ちた。

千秋は息をのんだ。

雷の光は一瞬で、すでに部屋の中は真っ暗だった。だが、残像が瞼の裏に焼きついている。千秋は壁に手を這わせ、電気をつけた。

床一面に散り果てた淡色の花びら。

一見、そう錯覚する心和む光景だった。しかし、それが花でないことはすぐにわかり、じわじわとその意味が頭の中に浸透していく。

「う、わ……」

千秋は手で口元を覆った。

千秋の用意した萌香の衣服がずたずたに引き裂かれ、打ち捨てられていた。

床にふわふわ広がるピンクやラベンダー、白の端切れは、いずれもハンガーに掛けていたワンピースやブラウスだった。それらがめちゃくちゃに切り刻まれている。誰かがこのトランクルームに侵入してやったのだ。

千秋はその執拗な痕跡から目が逸らせなかった。歯が鳴り、膝ががくがくと上下する。

感動で震えが止まらない。

千秋は半ば希望を失いかけていた。自分のやっていることが正しいのかも自信が持てなかった。

だが、目の前の光景は明確な事実を示していた。

萌香を殺した犯人は実在する。

そして、間違いなく意識を千秋に向けている。

床に座り込む。端切れが積み重なっているのでやわらかい。その感触は、千秋の思い描いた通り、犯人が愛情深い性質であることを意味する。萌香の格好を真似て彼を捜し回っていた自分のやり方は合っていたのだ。ちゃんと犯人の心に近づいていた。

彼はどこかで千秋を見かけて気になり始めているのだろう。その気持ちを表明するために、千秋のトランクルームを突き止め、所有物を損壊した。

全身を戦慄《わなな》かせながら、千秋の押さえた口元はとろけるように緩んだ。犯人の真心をすぐそばに感じた。この衣服を残らず切り裂くのにはどれくらいの手間と時間がかかっただろう。それだけの間、自分のことを思い続けてくれたのだ。小学校の時以来の強い喜びに、心身が痺れていく。同時に、もっと愛されたいという欲求が募る。

犯人は何者で、どこにいるのだろう。

向こうもまだこちらの様子を見ているような状態だろう。千秋の出方がわからず、その気持ちに確信が持てないのだ。相手の反応を見るためにも、持ち物を傷つけるという間接的な愛情表現をしてきたのだろう。そうだとすれば、千秋の方から積極的に動いて、彼の愛を受ける気でいることを伝えなければならない。

雷がまた激しくなってきた。空で巨大な化け猫が喉を鳴らしているようだ。

千秋は床に目を据えたまま考えた。自分は犯人と接触している。どこで、いつの時点で出会っていたのだろう。自分の知らないうちに目をつけられ、ずっと監視されていたのだろうか。もしくは、すでに知り合いになっている人間で、自分が犯人だと気づいていないだけなのか。

軽く自分の鈍さを呪いながら、犯人の手がかりが残っていないかを探す。トランクルームは大変な荒らされようだが、意外なことにバッグやアクセサリー類は無事だ。一方で、衣類は全滅だった。ハンガーに掛けてきちんと収納していた十着ほどのすべてが取り外され、断裁されている。裁ち鋏《ばさみ》やカッターナイフなどの鋭利な刃物が使われたようだ。紙吹雪のように見えるものから雑巾大のものまで、切り取られた布地の大きさはさまざまだが、どの服も原形を留めていないことは同じだった。まるでそれ自体を犯人が恨んでいるかのように。

千秋ははっとした。萌香の私物を中心に、いくつかカテリーナで買い足したワンピース類。頭の中の記憶と結びついた。

スマートフォンを手に取る。勢い余って、それは掌を滑って飛び出た。敷き詰められた柔らかな布の上に音もなく落ちた。

十三

あいにく、その翌日から仕事が立て込んだ。

千秋が所属している部署で急に欠員が出てしまったのだ。小さな会社ということもあり、すぐに人員を補充することは難しく、その穴埋めに奔走する羽目になった。食事と睡眠の時間以外は働き続けているようなありさまで、まったく体が自由にならない。だが、頭では常に別のものを見ていた。いかつく張った頬骨に丸い目。がっしりした体格。

会いたい。

千秋の胸には榊の姿が去来してやまなかった。

あの日、切り刻まれた衣類が散乱するトランクルームで思いついて、居酒屋で別れたばかりの奈央に連絡を入れた。

「あれ、千秋ちゃんどうしたのぉ」

あれだけの量を飲んだので、やはり奈央は酔っているのだろう。電話口の彼女の語尾は少し頼りなかった。千秋にとっては好都合だ。

「ちょっと確認したいことがあるんだ。さっき、榊さんが体調の悪いふりをしてずる休みしていた夜があったって言ってたよね」

「そう。だから私がシフトを代わってあげたの。偉くない？」

「偉い、偉い。何でずる休みだってわかったの？」

「あいつの代わりに出勤する時に、駅前でその当人を見かけたから。体調が悪かったら外出しないでしょ」

「病院に行ってたんじゃない？　ところで、その日はいつだったか覚えてる？」

「けっこう前。いつだったかなあ。ちょっと待って、スマホ見てみる」

奈央は日付を確認してくれた。それを聞くと千秋は礼だけ言って、早々に彼女との通話を終えた。予想した通りだった。

萌香が殺害された晩、榊は急に仕事を休んでいた。

コトリに勤務中だと思って成立していた彼のアリバイが崩れたことになる。

その事実を把握した瞬間、すでに過去の人となっていた榊の存在が、千秋の中でにわかに膨れ上がった。やはり彼が犯人だったのではないか。

出会った初めから、榊は千秋に対して攻撃的だった。愛情深い質だからだ。それに加えて、千秋の姿は彼の好みに符合したのだろう。犯人が殺した萌香の格好をして、休みごとにコトリに通った千秋は間違いなく彼の心を惹きつけていた。彼は萌香を失った後、新たな愛する対象を探していたのだろう。

オーナーに注意されて榊が直接千秋を睨むのをやめたのにはがっかりさせられたが、それも彼の事情を考えればやむを得ないかもしれない。何しろすでにひとり、同じ職場のアルバイトの萌香を殺しているのだ。千秋の感触では、榊はまだあの事件の容疑者として警察の捜査線上に浮かんでいない。それがささいなことから目をつけられて逮捕されるのは困るだろう。裁判を受け、刑務所にでも入れられることになれば、その間思うように人を愛せなくなる。そこで、自分の言動が他人の目についていると気づいた時点で、自粛を決めたのだろう。

しかし、類《たぐ》い稀な彼の性質は、そう簡単に抑えきれるものではなかった。おそらく、気になる存在に何らかの愛情を示さなければ気が済まなくなったのではないか。そこで、千秋の後を尾けてトランクルームの存在を把握し、侵入して衣服を切り裂いたのだ。

犯人捜しをしながら鈍感なことだが、自分がその当人にそれほど思われ、尾行までされていたとはまったく気づかなかった。今までずっと目をつけられていたのだと想像すると、千秋の口元は仕事中でも常に緩む。理想の相手にやっと辿りついたのだ。とはいえ、喜んでばかりもいられない。

榊は愛する人間の衣服に執着する。その理屈でいけば、彼が今、関心を持っているのは千秋ばかりではない。もうひとり存在する。

ほかでもない、千秋が榊の正体に気づくきっかけとなる話をしてくれた奈央だ。

彼女は千秋のように服はずたずたにされていない。しかしその代わりに、コトリの制服を盗まれ、その濡れ衣を着せられるなどの嫌がらせを受けている。彼女自身は気づいていないようだが、明らかに榊は奈央にも関心を向けている。

一瞬、千秋は彼の不実を詰《なじ》りたくなったが、気づいた。自分が小野寺と榊の両方に接触して三角関係を楽しんでいたように、榊もまた自分と奈央を天秤《てんびん》に掛けているのではないか。

そうだとすれば、のんびりとかまえてはいられない。

千秋にとって奈央は、元恋人のために犯人捜しをする城下とはまた違った意味合いの、より切迫したライバルだった。いくら榊に素質があるといっても、相手を殺すほどの強い愛を複数へは向けられないだろう。今は様子を見ているようだが、最終的にどちらか一方に絞る必要がある。

　彼の気持ちが自分か奈央か、いずれにより傾いているのかは測りがたい。衣服を切り刻むという千秋への嫌がらせの方が一見派手だが、奈央に向けた陰湿な手口にも彼らしい情熱がある。現時点では五分五分といったところか。それなら今のうちに、何とかして榊の心を自分の方へ引き寄せなければならない。

　とにかく彼に会うことだ。人は長い時間見ているものを好む傾向にあるという。週に何度も職場で顔を合わせる奈央よりも、自分の存在を印象づけなければならない。

　気持ちは焦るが、出入野へ行く時間がどうしても取れない。

　その夜も、千秋はそわそわした気持ちを持て余しながら終わらない残務処理に取り組んでいた。こうしている間にも、榊は奈央とコトリで親交を深めているかもしれないのだ。一方で、千秋は彼の連絡先も知らない。萌香は殺される前、榊とおぼしき犯人から脅迫的なメッセージを何度も受け取っていた。今度コトリを訪れる際には、自分も彼に電話番号くらい伝えておきたいものだ。

　デスクの上のスマートフォンに恨めしげな目を向けた時、ちょうどそれが短く振動した。メッセージを受信したようだ。見ると、先日連絡先を交換したばかりの奈央からだった。

千秋ちゃんがヒントをくれたおかげであいつを追い込む決定的な証拠を摑んだ
すっと顔から血が引いた。嫌な感じがした。

コトリの制服が紛失した件について、奈央は自身の無実を証明すると息巻いていた。その流れで考えれば、単に榊が制服を盗んだ証拠を摑んだということだろう。

ただ、「千秋ちゃんがヒントをくれたおかげで」という文言が気になる。千秋は制服が盗まれ、出品されていた話を彼女から聞かされただけだ。それについて何か助言した覚えはない。

千秋はすぐに確認した。

証拠って、制服が盗まれた事件のこと？

ううん、別のこと。でもこれで勝ったも同然。今日、店を閉めたら問い詰めるつもり。

間を置かずして返ってきた返事に、千秋は硬直した。制服の件ではないとは、どういうことだ。詳細を問い質そうとしたが、以後はメッセージを送っても返信がなかった。奈央はコトリでの勤務中に隙を見て連絡してきたのかもしれない。

無言のスマートフォンを眺めているうちに、千秋の中で不吉な予感がじわじわとかさを増していった。もしかして。

奈央は、榊が萌香を殺した犯人であることに気づいたのではないか。ほかならぬ千秋の発言によって。

千秋は奈央に、榊が急な欠勤をした日を問い合わせた。それで、彼女も彼の犯行に気づいてしまったのではないか。酔っている相手だと思って千秋は油断していたが、案外、奈央の記憶力は正常で、筋道立てて考えることもできたのだろう。彼女がこれから榊を問い詰めるというのは、制服の盗難ではなく、萌香を殺害した件についてなのではないか。

しかし、奈央がこだわっていたのは自分が濡れ衣を着せられた制服の盗難事件だったはずだ。なぜ榊の起こした別の事件を暴き立てる気になったのか。それも、警察に通報したりするのではなく、自ら談判するつもりだという。そして、なぜその心づもりを千秋に伝えてきたのか。

そこまで考えた時、千秋はおそろしい可能性に気づいた。

実は自分は奈央にマウントを取られていたのではないか。

つまり、彼女も千秋と同じ望みを抱いているということだ。榊に愛されたいと。

おそらく奈央は榊が萌香を殺害した犯人だとは気づいていなかったのだろう。だが、一緒に働くことで、彼の愛情に満ちた性格が読み取れたに違いない。奈央は榊に恋をし、彼からの愛を勝ち得たいと思うようになった。

同時に彼女は、急にコトリにやってくるようになった客の千秋も榊へ思いを寄せていることに気づいた。千秋はただ相手に愛されたいだけなので、微妙に違うのだが。

ただ、奈央と千秋の利害が衝突することに変わりはない。しかも、オーナーに注意されるまで榊は千秋に冷たくあたっていた。見ている奈央の方は心穏やかではいられなかったに違いない。彼女はこちらが認識するずっと前から、千秋をライバル視していたのだろう。

うっかりしていた。千秋は身のうちの体温がどんどん下がっていく思いだった。

先日、話があると言って奈央が自分を居酒屋に呼び出したのも、恋敵を牽制《けんせい》する目的だったのではないか。彼女はものすごい勢いで榊の悪口を言っていたが、それは愛情の裏返しだ。そして、制服の盗難事件を語ることによって、自分が彼からいかに興味を持たれているかを千秋にひけらかした。さらには、「榊に落とし前をつけさせてやる」と言った。

あれは千秋への宣戦布告だったのかもしれない。榊は愛する対象を品定め中なのだ。その眼鏡にかなうのは自分だと千秋に宣言したかったのだろう。何しろ、あれほど全力で愛してくれそうな人間はそうそう見つかるものではない。ライバルは蹴落としておくべきだった。

千秋は頭を抱えたくなった。自分はその意図に気づけなかったばかりか、かえって相手を手助けするような情報を与えてしまったのだ。

榊が急な欠勤をした日を千秋が確認したことによって、奈央は彼の犯行に気づいた。彼は同じ職場のアルバイトだった萌香を殺していたのだ。奈央はこの気づきが榊との関係を進展させる鍵になると考えた。千秋が小野寺にしたように、榊に萌香殺害の証拠を突きつけて、自分も愛を得ることを思いついたのだ。自分はあなたが恋人に何をしたか知っている。自分もそれと同じように愛してくれ。このように伝えればいい。

奈央はさっそく行動に移すことに決めた。同時に、千秋に思わせぶりなメッセージを送り、恋敵に自身の優位性を示すことも忘れなかった。

実際、その知らせは千秋の心を乱した。仕事の手は完全に止まってしまった。奈央にメッセージを送っても返信がないので、電話をかけてみる。呼び出し音は鳴るが彼女は応じない。

まずいことになった。千秋は握りしめたスマートフォンに爪を立てた。現在、奈央が榊の愛に対して非常に有利な立場にあるのは明らかだった。今夜は榊が遅番の日だ。奈央も同じ時間のシフトに入っているのだろう。終業後、二人きりになった店で、話を切り出すつもりに違いない。

奈央が萌香の殺害犯について言及した時、榊はどう動くか。彼は恋人を手にかけたほど愛情深い質であるし、自身の犯行を暴かれたくないという思いも強いはずだ。しかも、奈央を憎からず思っている。逆上してその場で彼女を殺しかねない。それは。

「ずるい」

「……えっ、何?」

つぶやきというにははっきりとした千秋の声に、隣のデスクの社員が反応した。

「いえ、何でもないです」

千秋は彼に小さな声で弁解した。しかし、胸のうちでは叫び続けていた。奈央だけずるい。不意打ちのようなやり方で愛を得ようとするのは卑怯《ひきょう》な手だ。自分が小野寺にしたことも忘れて、千秋の指先は怒りでぶるぶると震えた。

奈央が殺されれば、うらやましいばかりではない。もっと憂慮すべき問題がある。コトリの関係者が連続して殺害されれば、当然、警察も周囲も榊を含めた店の人間達に注目するだろう。犯行の露見を防ぐために、以後の榊は慎重な行動を強いられる。新しい愛の対象を見つけることも長期間にわたって諦めるだろう。つまり、いつまで経っても千秋にはお鉢が回ってこないということだ。せっかく理想の相手を見つけたにもかかわらず、その結末はあまりではないか。

千秋は榊から今、一番に愛される存在になりたい。自分なら萌香のように殺されるようなへまはしない。榊から愛されつつも、ぎりぎりのところで躱す。相手の愛を永遠に浴びていたいからだ。その二十年来の夢を破壊する奈央の企みは何とかして阻止しなければならない。

たまらず、椅子から立ち上がる。

「お先に失礼します」

デスクを書類で散らかしたまま、鞄だけ引っ掴んで千秋は会社を飛び出した。

十四

ころんとした丸い月のかかった夜空の下を千秋は走った。

激しく酸素が出入りする肺が夜気に晒されて冷たくなっていく。口の中に血の味と鉄錆《てっさび》臭さが広がる。それでも千秋は速度を落とさなかった。

今から出入野へ直行したとしても、コトリへの到着時間は閉店ぎりぎりだろう。できれば奈央の榊への談判の始まる前、最悪でも開始直後には辿り着きたい。

細かな方針はまだ決めていなかった。ただ、とりあえず自分がその場に居合わせることだけでも意味がある。第三者の目の前では、榊も激情のままに奈央を殺すことを思いとどまるだろう。

そこで、一刻も早くコトリへ向かう必要があったのだが、千秋は駅へは直行せず、いったん自宅に寄った。時間が惜しいので靴を履いたまま上がり込み、寝室のクローゼットを開ける。そこには、小さなリボンがいくつも縫いつけられたベビーピンクのワンピースが掛かっていた。店頭予約でのみ手に入るカテリーナの新作だ。当時、犯人と思い定めていた小野寺を意識して購入を決めた。ところが、その直後に彼の無実などが判明し、やる気がなくなったので、ずっと自宅に放置していたのだ。

千秋はさっそくそのワンピースに手を伸ばした。今夜、奈央の思惑を阻めたとしても、それはあくまでもその場しのぎにすぎない。榊の気持ちを彼女でなく千秋に向かせる必要があるのだ。そのためには、やはり普段の姿で彼の前に現れるわけにはいかない。相手の目を引くよう、萌香に似た格好をする必要がある。しかし、千秋がトランクルームに保管していた衣類はほかならぬ榊によって布切れにされてしまった。そこで、自宅に置いたままになっていた新作が役に立つわけだった。

千秋は頭からワンピースを被り、鏡でざっと自分の姿を確認した。袖もウエストもゆったりとしたつくりで、千秋にしてみれば幼稚園児のスモックにしか思えない形だ。しかし、色もデザインも萌香が好んで着ていたタイプのものである。彼女の雰囲気は出せているはずだ。時間がないので化粧は電車の中ですることに決める。トランクルームに置いているロングヘアのウィッグは諦めるしかないだろう。萌香の髪型にはほど遠いが、ショートヘアでワンピースを着ていけない法律はない。千秋はばたばたと自宅を出た。

水の中を進んでいるようにゆっくりに感じられる電車の中で、普段はしたことのない貧乏揺すりが止まらなかった。もし人身事故などで遅延すれば、もう間に合わない。千秋はあらゆる人間の身の安全を心から祈った。何度もスマートフォンを取り出して、奈央に電話をかけようとしたが、そのたびに思いとどまった。あまりしつこく連絡を入れると、奈央は千秋の妨害を予想してしまうかもしれなかった。それを躱すために談判の場所を変えられたりすると厄介だ。不意打ちで押し掛けた方がいいだろう。

出入野の駅に到着すると、また走り出す。駅前を抜け、コトリにほど近い住宅街に入ると、周囲からは人工の光が途絶えた。地方都市なので住民の就寝が早いのだろう。千秋が暮らしていた頃よりも顕著なので、過疎化と高齢化が進んでいるのかもしれない。月だけが夜空に張りついている。

コトリの外観も闇に沈んでいた。外壁に這う蔦の影が際立ち、洋館の輪郭を歪《いびつ》なものに見せている。店の看板を照らす明かりは消えていた。扉を押しても開かない。まだ少し時間が早いが、店じまいしたようだ。談判は始まっているのか。

千秋は建物の裏に回った。厨房や更衣室に近いそこにコトリの従業員の出入り口があることはわかっている。外壁に沿って進むにつれ、千秋の胸騒ぎが高まっていった。厨房に面しているはずの室外機の上の窓が真っ暗だからだ。磨《す》り硝子《ガラス》なので、中の様子は窺えないが、電気が消えていることは明らかだ。ひょっとすると、談判はすでに決着がつき、店から人はいなくなっているのかもしれない。榊はすでに外へ出、遺棄する場所を求めて、殺した奈央を引きずっている最中かもしれない。

いや、二人は明かりの漏れない更衣室などで談判をしている可能性もある。そう自分を宥めながら、千秋が従業員の出入りのためのドアに辿り着いた時だった。

がしゃん、と大きな音がした。千秋は高速でふりかえった。厨房の方だ。誰か――おそらく榊と奈央が、まだいる。そして、話し合いにあれほどの音を立てる必要はない。まさに今、榊が奈央の口封じに動いているのではないか。目立たないように部屋の電気を消しているのだ。

千秋は裏口のドアに取りついた。正面のそれとは違い、そっけない金属製のドアノブはぴくりともしない。部外者の侵入を防ぐために施錠されているのだ。

「奈央ちゃん」

千秋は叫びながらドアを叩いた。ここは奈央を案ずるふりをした方が社会常識に沿っているからだ。同じく身のうちに情熱を秘めながら社会に適応できている榊も、奈央の殺害が未遂であれば手を止めてくれるはずだ。だが、店の中から反応はない。どうなっているのか。千秋は項がひりひりした。自分が中に突入するしかないようだ。

今度は厨房に面した窓の前へ回る。一枚一メートル四方のこの窓を破る方がドアよりも効率がよさそうだった。

　周囲を見回すが、そう都合よく石などが落ちているはずもない。提げてきた通勤用の鞄の中にも使えるものはないだろう。千秋は鞄を地面に置くと、着ていたコートを脱いで右手に巻きつけた。それから室外機によじ登った。これで窓に手が届く。クレセント錠のあるあたりを狙い、全体重をかけて拳を叩きつけた。しかし、ガラスは鈍い音で震えるばかりで割れない。二度試して、埒《らち》が明かないと千秋は腕に巻きつけていたコートを地面に投げ捨てた。厚い布地は千秋の腕を保護すると同時に、窓ガラスへの衝撃を吸収していたのだ。今度は素手を振り上げる。体あたりするように思いきり窓ガラスを殴りつけた。ぴしっと小さな音がして、千秋の拳にかかる抵抗が消えた。ガラスが割れたのだ。暗がりで損壊の程度は判然としないが、腕一本を通せるくらいの穴は空いているようだ。千秋はさっそく手を伸ばし、窓の内側からクレセント錠を外した。窓枠に手をかける。その時になって、利き手にずきずきとした痛みが這い上がってきた。割れた窓ガラスで切ってしまったらしい。手の甲が夜気で妙にひんやりするので、出血しているのかもしれない。その血を地面に落とすために、千秋は室外機の上で適当に手を振った。せっかく榊に見せるために着てきた新しいワンピースを汚したくなかったのだ。改めて窓枠に手をかけ、一気に引く。

厨房に身を乗り出すと、ふっとコーヒー豆の香りがした。長年焙煎《ばいせん》され続けて、店全体に染み着いているのだろう。窓から床に飛び降りる。真っ暗で勝手がわからないが、思った以上に厨房は広いようだ。手探りで進み、

「奈央ちゃん、いないの」と声を張る。

すると、向こうの方で人の気配があった。棚と調理台の隙間から、ちらっと一瞬光が漏れる。いる。千秋はそちらに突進した。調理台の向こうに回り込むと、足を何かにとらえられた。甲高い音とともにひっくり返りそうになり、下腹に力を入れて踏みとどまる。一体何が……状況を把握しようと前方を睨んだところで、急に目が眩《くら》んだ。強い光が向けられたのだ。

身の危険を覚えて反射的に後ずさる。同時に、ある推論が頭の中で瞬時に組み立てられた。榊なのか。彼は厨房で奈央を殺し、電気を消して出ていこうとしたところだったのではないか。そこへ千秋が侵入したので、臨戦態勢に入っているに違いない。どんな形であれ、自分に注意が向くのはうれしいが、一足遅かったという思いの方が強かった。榊は奈央を殺してはいけなかった……。

「あれっ」

高い声に、千秋は瞬きした。ようやく目が光に慣れてきた。

「……奈央ちゃん？」

すでにもの言わぬ死体と化していると半ば覚悟していた彼女が立って、千秋にスマートフォンの光を向けていた。

「どうして……」

「千秋ちゃんの方こそ、何でここにいるの」

奈央は小首を傾げる。その隣の大きな影に、千秋ははっとした。榊が訝しげにこちらを凝視していた。二人とも店の制服姿で、終業直後のように見える。まだ決定的な局面には至っていなかったようだ。間に合った。千秋はほっとしながら、

「奈央ちゃんのメッセージを見たから」と言い訳した。

「もしかして、私のことを心配してくれたの？」

心配の対象が違うのだが、そういうことにしておく。

「うん。コトリに来たら電気は消えているのに物音がして、何かあったんじゃないかと不安になって」

「それでお店にまで入ってきたんだね。もしかして千秋ちゃん、気づいてない？」

「何を？」

「停電」と奈央は天井を指差した。

「五分くらい前かな」

駅からコトリに向かって走っている時、住宅街がやけに暗いと思ったが、電気が停まっていたのだ。奈央は榊と店を閉め、厨房で後片づけを始めた途端に停電に見舞われたのだという。

「初め、ブレーカーが落ちたのかと思ったの。それで、ブレーカーのスイッチを探していたら、調理台に置いていたものを落としちゃって」

奈央の説明に千秋は足下に目を落とした。そこに転がっていたのは煤《すす》けた寸胴《ずんどう》鍋だった。誰かに足をかけられたのではなく、自分がこれに躓いたのだ。よく見ると、周囲にはフライパンやボウルも転がっている。千秋がコトリの裏口に回った時、厨房で聞こえた大きな音の正体がわかった。

「それで慌てていたら、今度は誰かが厨房に入ってきたみたいだし、めちゃくちゃ怖かったよ」

千秋は納得したが、榊は事情がのみ込めていない顔つきだ。奈央はまだ彼に談判を切り出してもいなかったのだろう。

と、ぱっと周囲が白くなった。

「あ、戻った」

奈央がスマートフォンの明かりを消す。

「お鍋を洗い直さなきゃ。また仕事が増えちゃったね。でもこれを片づける前に、はっきりさせておこうか」

彼女は榊の方へ向き直った。彼の頬がかたくなるのがわかった。

「何のことだ」

「話があるの。ちょうど千秋ちゃんもいることだし」

奈央は心なしか、にやりとしたようだった。

千秋は彼女の肚《はら》が読めなくなってきた。談判に自分も同席させてくれるのか。てっきり榊と二人きりになって愛を独占しようという肚づもりなのだと思っていた。もっとも、女性は恋愛面でマウンティングをしたがる生き物だ。話し合いを公開することで、奈央は自分が恋敵の千秋より先に榊の秘密を握ったという優位性をつきつけるつもりだろうか。

まあ、隠れてこそこそされるよりはいい。千秋は無言で頷いた。

いったん厨房を出て、客席に落ち着くことにした。

丸テーブルに千秋と奈央と榊の三人が等間隔で着席する。ほかの客や従業員の姿がなく、窓にも厚いベルベットのカーテンが引かれた店内は普段以上に雰囲気があった。これでコーヒーが出てくればより快適なのだが、奈央にも榊にもそんなことに気を配る余裕はないようだ。千秋自身、久々に榊に会えた興奮で食欲は消し飛んでいた。つい彼の顔ばかり見てしまう。この談判の後、正体を暴かれた榊は、千秋と奈央のどちらを選ぶかを自然と迫られることになるだろう。

「話し合いの内容は見当がついていると思うけど」

椅子を引いた奈央が前置きなしに切り出した。

「私の制服を盗んだのは榊さんでしょ」

「またその話か」

榊が片頬を歪めた。

「俺は関係ないと言っているだろ」

彼はここでは真意を明かさないつもりらしい。奈央の恋心を見抜いて焦らしているのだろうか。その狙い通りに彼女の口元に力がこもる。

「とぼけないで。榊さんは制服を盗んで、私に見せかけたアカウントを使って出品したんでしょ。何のつもりだったの」

「証拠は？」

奈央の早口を遮るように、榊は芝居がかった調子で手を広げた。

「俺はたまたま盗まれた制服が売られているのを見つけて、オーナーに報告しただけだ。あんたの言うようなことをした証拠があったらここに持ってきてくれ。そうすりゃ土下座でも何でもしてやるよ」

「証拠は……ない」

奈央が悔しそうに言う。相手が自分に好意を寄せてくれている証拠を掴めなかったのは、確かに残念なことだろう。

「でも、別のものを見つけた」と彼女はスマートフォンを取り出した。いくつか操作し、何かを表示させて榊に突き出す。千秋は体温が上がるのを感じた。あれが奈央の言う決定的な証拠なのか。スマートフォンの画面は千秋の側からは見えなかった。が、それを覗き込んだ人間の顔色から答えは窺えた。

榊は声さえ出ないようだった。元々丸い目がさらに見開かれ、浅黒い肌さえ血の気が引いて白くなる。

ああ。予想していたとはいえ、千秋は大きな石に胸を塞がれた気がした。やられた。奈央は千秋よりひと足先に萌香を殺した証拠を見つけてしまったのだ。そうでなければば、榊があれほどの衝撃を受けるはずはなかった。

奈央が用意したのは動画らしい。まさにその時の様子が映っているのか。千秋は音を立てないように席を立ち、榊の背後に回り込んだ。

彼が凝視しているのは、多数の人間が映り込んでいる動画だ。いずれも化粧の濃い女性で、レースやフリルのついたお姫様のようなドレスを着ている。萌香の好きそうな格好だ。この中に彼女もいるのだろうか。何かのイベントらしく、女性達は互いに写真を撮り合い、はしゃいでいる。音声が入っていないので、何を言っているのかはわからない。すると、千秋のために奈央が動画の音声をオンにしてくれた。ぱくぱくと動く女性達の口から声が溢れ出す。

「……撮ってもよくってよ」

「えっ」

千秋は榊の後ろから身を乗り出し、画面に顔を近づけた。古風な台詞とともにポーズをとっている女性に注目する。きれいに巻いた黒髪、遠目からでもわかるほどくっきり引いたルージュにアイライン、真紅のドレス。

千秋はそろそろと顔を横に向けて見比べた。

「榊さん？」

彼は目を逸らした。雰囲気はだいぶ違うが、その横顔の輪郭は動画の女性と同じ凹凸を描いていた。

千秋は再び動画に目を戻した。よく注意すれば、そこに映っている人間はすべて男性だった。見た目こそ華やかな女性そのものだが、低い声でそれと知れたのだ。その中に、榊はあたり前のように存在していた。まさか彼に女装の趣味があったとは。この発見をどう解釈していいのか、千秋が迷っていると、

「あんたが制服を盗んでいないって言い張るなら、私はこの動画をオーナーに見せる」

奈央が言った。

「人がどんな趣味を持っていてもかまわないけど、このタイミングのイベント参加はまずいんじゃない？」

彼女は動画の撮影された日時を表示させた。榊の顔がいっそうこわばる。

千秋は肩から力が抜けた。そういうことか。

こちらの案じた通り、奈央は千秋の問い合わせによって、榊が急病を訴えてコトリを休んだ日時に着目した。その時、彼が駅前にいたところを彼女は目撃していた。つまり仮病を使ってどこかに出かけていたのだ。そこで、奈央は当夜にあった出入野での出来事をインターネットの検索で片っ端から調べていったらしい。すると、ある個

人のSNSから動画が見つかった。

だが、その結果は千秋が予想したものと違っていた。

榊は萌香の殺された時間帯に仕事を休んでいたが、その代わりに動画で記録されていた集まりに参加していた。アリバイが成立し、彼は犯人でないということになる。

「このイベントに出るために、仮病を使って休んだってことだよね」

奈央の念押しに、榊は項垂《うなだ》れた。

「前からイベントがあることはわかっていたけど、勤務日にあたっていたから諦めていた。でも、直前になってレイさんが来ることがわかって、どうしても参加したくなって」

ぼそぼそと白状する。イベントは女装とロリータファッションのコスプレを愛好する男性達が集うもので、レイさんというのは彼らの中で有名な女装家らしい。

奈央は腕を組んで目を細めた。

「私の制服を盗んだのにも理由がありそうだね」

「着てみたかったんだ」

榊が切なげに息をつく。

「ずっと前からかわいいと思っていた。ありそうでないデザインで。でも、女性店員にしか支給されない。あれで接客ができないのは仕方ないとしても、人目のないところで一度着て、写真を撮りたかったんだ」

前々から憧れを抱いていたのだが、件《くだん》のイベントでレイさんがメイド風の女装をしていたことでいっそう触発されたらしい。

榊は終業後、アルバイトを帰してひとりでコトリの店じまいをする際、女子更衣室に忍び込み、ロッカーから制服を取り出した。それが奈央のものであったことに意味はなかった。ただ彼女のロッカーが入り口の近くにあったのだ。

いそいそと制服のワンピースを手に取った榊は、ほかの人間なら誰もがわかることに気づかず、それに足を通し、勢いよく引き上げた。

「そうしたら、ワンピースが破れたんだ」

榊は自身の体に目を落とす。彼の体格は女物の服を着るには立派すぎたのだ。引き裂いてしまった制服を手に、榊は女子更衣室で青くなった。もはやそれは修復不可能な状態だった。オーナーや奈央に何と説明すればいいだろう。

「それで、破いた制服を持ち帰って、盗まれたことにしたんだね」

奈央は榊を睨みつけたまま確認する。

「自分が疑われないために私を犯人に仕立て上げた」

「……」

「何で正直に言わなかったの」

はあっと彼女のためいきが厨房に響いた。

「ずる休みしてイベントに行ったのは別として、どうして制服のことは私に話してくれなかったの？　一度着てみたかったのなら、事情を打ち明けてくれれば協力したのに」

「言えるわけないだろ」

榊がきっと目を上げた。

「今まで俺がどんな目に遭ってきたか」

彼は呪詛《じゅそ》のように短く過去を語った。それによると、彼には幼い頃から女装願望があった。女性になりたいのではなく、ただかわいい服を着たり、化粧をしたりしたいのだ。そこで、自宅で密かに姉の服を借りて楽しんでいたのだという。

ところが、中学生の時に信頼していた親友にそれを明かすと学校で言い触らされ、同級生達にさんざん虐《いじ》められた。以来、決して趣味がばれないように注意を払っていた。日常生活でかかわる相手に極力自分のことは話さない。言動は意識的に男らしく粗暴なものにした。その一方で、女装への思いは募るばかりだった。アルバイトや就職で収入を得るようになると、自ら好みの服や化粧品を買い求めるようになり、同じ趣味を持つ者達の集まるイベントに定期的に参加するようになった。そこでは誰も彼を否定せず、好きなふうに振る舞うことができた。

しかし、高校卒業後に就職した飲食店で、また悲劇が起こってしまった。休日に女装して出かけるところを同じ職場の先輩に目撃されたのだ。その先輩から噂はあっという間に広がり、しばらくして榊は店から経営不振を理由に解雇を言い渡された。店長が理解のない人間だったのだ。

「だから、コトリに就職してからは、もっと慎重にしていた。特にオーナーがああいう性格だから」

榊は自分がコトリに就職した当初、先に勤めていた男性社員がオーナーの不興を買って解雇されたいきさつを語った。コーヒーの味がわかっていないから首を切られたという、少し前に千秋が奈央から聞いた通りの話だ。

「あの人、今は畑違いの会社の営業をやっているそうだ。もう飲食店はこりごりだって言ってたけど、オーナーの圧力でこのあたりの店では働けなくなったのかもしれない。だが、俺はずっとこの業界にかかわっていきたい。何よりコトリが好きなんだ。店の歴史ある内装も、コーヒーの味も。オーナーは喫茶店の経営者としては優秀だから、学びたいことも多い。首になるわけにはいかないんだ」

すでに榊は最近、オーナーから千秋への接客態度に対する注意を受けていた。この上、制服を破いたことが知れたら解雇は確実だと考えたのだろう。そこで奈央を陥れようとしたのだが、怒った彼女に別のところから尻尾《しっぽ》を摑まれてしまったのだ。

「気をつけていたのに。女装のイベントに参加する時も普段着で行って、会場に入ってからトイレで着替えるようにしていたんだ。それなのに、無断で動画を撮られていたなんて」

榊は再生が終わって静止している動画にじっとりとした目を向けてから、

「見せろよ」と舌打ちするように言った。

「俺が終わったことはわかったよ。この動画をオーナーに見せて、俺が制服を着ようとして破いたことも暴いて、二人で気持ち悪いって盛り上がって、俺を首にさせろよ」

榊と奈央はしばし無言で見つめ合った。やがて、

「しないよ、そんなこと」

奈央が組んでいた腕を解く。

「事情はわかったから。榊さんはここでずっと働けばいい。私が制服泥棒扱いされるのは癪《しゃく》だけど、初めからコトリのアルバイトはあと半年くらいで辞めるつもりだった

し。就活があるからね。今の話、私は聞かなかったことにする」

榊は耳を疑ったようだった。その彼に奈央は指を突きつけた。

「その代わり謝って。私と――」

彼女の指がすっと弧を描いた。

「千秋ちゃんに」

急に自分が注目されて、千秋は戸惑った。

「そのために千秋ちゃんにいてもらったの」と奈央は説明した。

「この前、千秋ちゃんに会った時、見た目がすっかり変わっていてびっくりした。顔もすごく暗くて。榊さんにひどい振られ方をしたんだってことはわかった。千秋ちゃんはずっと榊さんに夢中だったから」

「……」

「榊さんが大変な目に遭ってきたことはわかった。でも、自分も人を傷つけていいってことにはならないよ。だから、ちゃんと謝って」

奈央の真摯な視線につられて、榊も千秋の方を見た。

自分のひとり相撲だったのだ。

千秋は彼らを前にしてぼんやりと思った。

榊はただの腰抜けだった。解雇を逃れるために姑息《こそく》な策を弄していただけで、萌香を殺す根性などあるはずもない。当然、千秋のトランクルームに忍び込んで衣服を切り刻んだのも彼ではないだろう。

同時に、奈央という人間に対する自分の見立てが間違っていたことも判明した。

奈央は千秋のように榊からの激しい愛を期待していたわけではなかったのだ。別に榊を意識していたわけでも、千秋と張り合っていたわけでもない。ただ自身の無実を証明したかっただけだった。千秋をその場に呼んでくれたのは、己の有利を知らしめるためではなく、何の色もついていない親切心によるものだった。

しかも、彼女は勘違いをしていた。普段の服でコトリに訪れた千秋を見て、好きな榊に振られたのだと思い込んでいたのだ。実際の千秋は、萌香を殺した犯人がなかなか見つからず、やる気をなくしていただけだったのだが。それを失恋の傷心だと解釈した奈央に謝るように促されている榊も、よく意味がわからないだろう。

しかし、彼は草を食《は》むロバのように、千秋に向かっておとなしく頭《こうべ》を垂れた。

「そうだな、あんたにもいろいろと、すまなかった」

千秋は黙って榊の黒い頭頂を眺めた。

落胆は小野寺の正体がわかった時ほど大きくはなかった。ただ、世界が優しさに満ちていることをまた実感したばかりだ。真実の愛は夜空に瞬く星のように遠い。

改めて店じまいをする榊と奈央を残し、千秋はひとりでコトリを出た。千秋が店に侵入するために割った厨房の窓ガラスは、榊がお詫びのしるしに責任を持って修復してくれるそうだ。

すでに電力は復旧しているはずだが、住宅街は暗いままだった。夜も更けてきたので、すでに就寝している家庭が多いのだろう。冷たい手で撫でられるような風も出てきた。しかし、千秋はコートを羽織らずにワンピース一枚で歩いた。窓ガラスを割った拳の傷からの出血が思いのほか多く、コートを包帯代わりに巻きつける必要があったのだ。

また振り出しに戻ってしまった。

犯人の行方は杳《よう》として知れない。

しかし、諦めるわけにはいかなかった。もう一度容疑者を絞り込まなければ。犯人は実在している。

千秋が知った顔かはわからない。向こうが密かに千秋を認識しているだけかもしれなかった。少なくとも萌香とかかわりのあった人物だ。彼女の交友関係は可能な限り探ったつもりなのだが。

さきほど聞いたことを思い出した。かつてコトリには榊以外にも男性店員がいたという。彼の勤務していた時期と萌香のそれは重なっていたのだろうか。もし二人に面識があるとすれば、千秋のまだ把握していない繋がりだ。コトリを辞めた元店員は今、どこにいるのだろう。

「千秋さん」

背後から声がした。半ば空耳を疑いながらふりかえると、スーツ姿の男が立っていた。

「あ、お久しぶり……です」

彼はふわりと笑った。

「よかった、会いたかったんです」

「え?」

「話したいことがあって。何か犯人の手がかりは見つかりましたか」

そうだった。この男と形ばかりの協定を結んでいたのだった。

「いいえ、それがまったく」

千秋は首を振った。嘘ではない。

「何か見つけたんですか」

尋ねると、彼は千秋にひたと目を据えてきた。

「警察に口外しませんか」

先日会った時とは気が変わったらしい。

「ちょっとデリケートな問題なんです。しかも、引っかかる程度で、手がかりといえるかどうかもわからない。だからあなたに相談したい」

約束した通り、本当に自分の手の内をすっかり明かしてくれるつもりらしい。この男も奈央に劣らずお人好しだ。

「誰にも言いません」と千秋は断言した。初めから他言する気はない。抜け駆けはするだろうが。

「なら――」

彼は路地の奥へ顎を向けた。

「場所を変えて話しませんか」

千秋は頷いた。

十五

時計の秒針ががらんとしたフロアに神経質な音を立てている。

かちかち、かちかちと、忙《せわ》しなく時間を削り取っていくような響きに、杏は頭痛がしてきた。パソコンの画面を睨み続けていた目を閉じる。眼球の奥から脳までがじいんと痺れている。朝からずっと座りっぱなしなので、全身の筋肉も冷めた鑞《ろう》のようにかたまっている。

軽く眉間を揉んだ後、瞼をこじ開ける。周囲のデスクの明かりが皆消えた中、パソコンがぼうっと光りながら杏を待ち受けていた。いつまでかかるだろうか。デスクの隅の、まだ入力を終えていない書類の束が視界に入ると、頭痛がぶり返してきた。

その悲劇は三日前に起こった。もともと機嫌の悪かった課長に杏が間の抜けた受け答えをしてしまい、彼をひどく怒らせてしまったのだ。

課長はフロアに響きわたる声で、杏の冴《さ》えない営業成績と頭の悪さと垢抜《あかぬ》けない容姿を詰った。杏は俯いて堪えたが、それだけでは済まされなかった。課長は最後に彼女に「事務補助」を言い渡した。

事務補助とは、文字通り事務職の社員の手伝いをするのだが、この会社の営業職にとってはペナルティ同然だった。事務補助をする期間は上司の気分次第で、その間、社員は営業に出ることができない。当然、契約を取ることも不可能なので、営業成績が給料に反映されるこの会社の制度では実質的な減給になるのだった。杏は課長に謝罪を繰り返したが命令は撤回されず、営業部の自分の荷物を引き払って事務のデスクへ引っ越すことになった。

今月の収入を考えると気が滅入った。ただし、事務補助は杏にとって営業よりもストレスの少ない仕事だった。会社の事務を一手に引き受けているのは樹理で、彼女がいろいろと助けてくれたからだ。残業も少なく、何の実りもない外回りで足を棒にする毎日よりよほど楽だ。

だが、そう思えたのも昨日までだった。樹理の休日にあたる今日は、杏ひとりですべての事務作業を請け負うことになったからだ。

慣れない杏のために、前日に樹理がいろいろと段取りをつけてくれていた。しかし、それにも限界があった。杏が樹理に教えてもらった通りに業務をこなしている間にも、契約を取ってきた社員から次々と伝票が回されてくる。この職種は営業事務も兼ねているのだ。樹理ひとりの時は、休んだ翌日に溜まった業務をまとめて片づけるらしいが、杏が出勤している限り、その日のうちに処理しなければならない。彼女はろくに昼食も取らずに頑張ったが、書類は溜まっていく一方だった。気がつけば、今夜社に残る最後の人間になっていた。

一体、何時になれば帰れるのだろう。

再びキーボードの上に手を乗せながら、杏は泣きたくなってきた。この頃、生活に張り合いがないので、心が脆《もろ》くなっている。

先輩への恋を諦めたからだ。

心のうちでは忘れられないし、今なお職場に先輩がいるとつい目で追ってしまう。それでも、樹理のために身を引くと決めていた。その自分の選択に後悔はない。ただ今後、何を楽しみに働けばいいのだろう。

杏は伝票の入力に取りかかった。途端にためいきが出る。この伝票をつくった社員は自分のＩＤ番号を入れていない。すでに帰宅している本人には尋ねられないので、杏が自分で調べて打ち込まなければならない。またよけいな時間がかかる、と心でぼやきながら、社員の個人情報のデータベースにアクセスした。こういう時のために、樹理からパスワードは教えてもらっていた。

データベースから伝票の社員の名前を探していると、先に先輩の名前を見つけた。衝動的に、それをクリックしてしまう。好きだ好きだと思い続けながら、実は杏は彼がどこに住んでいるのかも知らなかった。今さら知ったところでどうなるわけでもないのだが。

開示された先輩の個人情報を、杏はじっと眺めた。ひとり暮らしとおぼしき自宅は会社から電車で四十分ほどの距離か。緊急連絡先の住所は出入野で、おそらく実家だろう。杏は前に彼と樹理を出入野で見かけたことを思い出した。二人はすでに両親に互いを紹介している仲なのかもしれない。想像すると、また萎えた。

それでも、杏は詮索をやめられなかった。趣味が悪いと思いつつ、自分のスマートフォンを取り出し、検索エンジンに先輩の出入野の住所を入力する。彼はどんなところで生まれ育ったのか。検索結果の地図から、そこは出入野の中でも中心部から少し外れたところだとわかった。一戸建てではなくマンションのようだ。その外観の写真も見つけた。かなり古い建物なので、やはり先輩の実家と判断して間違いなさそうだ。

だらだらとスマートフォンの検索結果を見ているうちに、杏はその下の方に予測検索が出ていることに気づいた。「入れ墨」。先輩の実家とおぼしき住所を打ち込むと、併せてその言葉が表示されるのだ。これは何だろう。クリックしてみると、「出入野入れ墨虐待事件」という記事が出てきた。

それは、二十年近く前に起こった事件だった。飲食店勤務の若い母親が自宅で七歳の息子を繰り返し折檻《せっかん》していたことが発覚した。長期間にわたって続く子どもの泣き声を不審に思った近隣住民が警察に通報したのだ。駆けつけた警察は、風呂場で血塗《まみ》れで転がっている少年を発見した。母親がことあるごとにそこへ引きずっていき、我が子にカミソリの刃をあてていたのだ。少年の体に残っていた傷はいずれも致命傷ではなかったが、捜査員達はその数と形状に目を見張った。傷は×の形で、胴体を覆うようにびっしりとつけられていた。古い傷も痕が残り、まるで入れ墨を彫りつけたように見えたことから、通称「入れ墨事件」と呼ばれ、当時かなり話題になったらしい。

杏はその頃まだ小さかったので、事件があったことを知らなかった。こうして概要を知ると、傷ましい、だが世間で聞かないことはない事件だ。なぜ先輩の実家の住所の予測検索でこの事件が出てくるのか。いくつかの記事を確認すると、虐待の事件現場がこのマンションの一室だとされていることがわかった。

杏の喉が勝手に鳴った。先輩はこの事件の関係者なのか。

事件発覚後、少年の母親は逮捕され、その子どもは警察に保護された。彼の現在についてはインターネット上には情報がなかった。出入野を出て斜岡で働いていても不思議はない。

計算すると、先輩と虐待を受けた少年の年齢は同じだ。杏は今まで手と顔以外の先輩の肌を見た覚えがないことにも気づいた。常にきっちりとスーツを着込んでいるからだ。自分が入社した秋からしか杏は先輩を見ていないので、それは別におかしなことではない。ただ。

先日の光景が脳裏に浮かぶ。駅のホームで人身事故に遭遇した時、先輩は杏を庇って代わりに血を浴びてくれた。その際、特に腕にべったりと血が付いていたのだが、彼はジャケットを脱ぐこともシャツを腕捲りすることもしなかった。他人に極力、肌を見せないようにしているのではないだろうか。そこに忘れたい過去が刻まれているから。

かつて、先輩は親の愛というものがよくわからないと杏に語った。透き通った哀しげな目で、親との関係がよくなかったことを明かした。先輩が入れ墨事件の被害者の少年であったとすれば、辻褄《つじつま》が合う。

まさか。

杏はひとりで首を振った。被害者の少年の名前は公表されていないが、逮捕された母親の名前はわかる。その姓は先輩とは違っていた。あのマンションに住んでいたからといって、必ず事件に関係しているとは限らない。それに万一、先輩がその少年と同一人物であったとしても、杏の彼への気持ちに変化はないだろう。むしろ胸の痛い同情が増す。実の親からの仕打ちは言葉だけでもつらいのだ。カミソリで皮膚を切り刻まれるのはどれだけ苦しかっただろう。

何にせよ、考えすぎだ。杏は検索サイトを閉じ、スマートフォンをデスクに置いた。よけいなことに時間を使ってしまった。まだまだ仕事は残っている。パソコン画面に向き直った時、先輩の社員事項の備考欄に目がいった。昨年の夏、先輩がOB訪問を受けたことが記録されている。つまり、先輩の後輩にあたる学生が、就職活動の一環で彼の職場を見学にきたのだ。

人のいい先輩を頼ったのだろうが、まさかこの会社を訪問した就活生がいるとは。さぞかし社会人生活に幻滅したことだろう。杏は当時、まだここに入社していなかったので、知らなかった。

何気なくOB訪問に来た学生の名前を見て、

「ん？」

杏は既視感を覚えた。なぜかこの字面を知っている。誰だっただろう、この名前は。

ちょっと考えて、直接の知り合いでないことに気づく。メディアで見かけた名前だ。倉橋《くらはし》萌香——少し前に出入野で起こった事件の被害者だ。確か路上で刺されて死亡し、犯人はまだ見つかっていなかったのではないか。

殺された倉橋萌香と先輩は知り合いだった。

ぎい、と体重をかけたわけでもないのに座っている椅子が軋んだ。杏は無意識のうちに自分の腕を抱いていた。その皮膚がざらざらしていた。

出入野出身の先輩。子どもの時に母親から虐待を受け、全身に入れ墨のような傷が残っているかもしれない先輩。テレビで見たうろ覚えの記憶だが、殺された倉橋萌香は胸を刃物で切り刻まれていた。

子は親を真似るというが、そうなのだろうか。

あり得ない。杏は腕に爪を立てた。それでも、一度頭に浮かんだ疑念はみるみる広がっていく。

人身事故に遭遇したあの時、先輩は頬こそ少し上気していたが、平静そのものだった。人体が損壊される凄惨な事故現場を目にして、なぜまったく動じずに後輩の杏を気遣う余裕さえあったのか。場数を踏んでいるからではないか。他人の流血が彼の日常の一部だとしたら。そもそもの感性が一般と違っているのだとしたら。

奥の先輩のデスクに目をやる。彼は数時間前に退勤している。続いて、自分の隣のデスクを見下ろした。今日は休みの樹理のそこはきれいに片づいている。

彼らは本当に付き合っているのだろうか。

樹理は好きな人がいるとは言ったが、先輩の名前を挙げたわけではない。あるいは、先輩に思いを寄せているとしても、彼の方もそれと同じ正常な感覚を持っているとは限らない。たとえば、愛されるべき母親から生命にかかわるような虐待を受けた人間は、人の愛し方を履き違えているのかもしれない。愛し方がわかっていないといってもいい。だから執着した相手に暴力を振るう。

杏が先輩と樹理の仲を疑うきっかけは、彼らを出入野で見かけたことだった。だがあの時、二人は並んで歩いていたわけではない。別々にどこかへ向かっており、見ようによっては、片方が後を追っているかのようだった。樹理は先輩が自分のすぐ近くにいたことに気づいていなかった可能性がある。確か報道によれば、殺された倉橋萌香も事件前に何者かからストーカー行為を受けていたのではなかったか。

彼女を殺害した犯人は現在も見つかっていない。

「……嫌だ」

誰もいないフロアにつぶやきが落ちた。杏は自分を抱く両腕に力を込めた。そんなはずはない。そんなはずはない。だが、胸はにわかに波打ち際になったみたいだった。嫌な予感が頭の中で警報機のように鳴り響いて、止まらない。

十六

言われた通りに黒い背中についていくと、靴底がやわらかくなった。雑草のにおいも感じ、千秋は川沿いの遊歩道に出たことを知った。足下の土はどこか湿っている。横目に見やると、星明かりを受けて、川がところどころ流れを白く染めていた。出入野で育った千秋も、あまり来たことのない道だ。どこに連れていくつもりなのだろうか。

前方に視線を戻す。城下はずっと黙って先を歩いている。

協力者はつくっておくものだ。萌香の元恋人の城下も、千秋とはまた違う動機で犯人を捜している。互いに情報を交換し合うという取り決めを律儀に守って千秋に会いに来てくれたらしい。榊が犯人だという見立ても外れ、手がかりを失ったこちらにすればありがたい話だ。

ただ――水平飛行のようにほとんど上下しない城下の後頭部を眺めながら、ふと思った。付き合いが浅いせいで、この男のことはほとんど知らない。

一応、城下からは名刺をもらい、会社に連絡を入れて素性を確認してもかまわないと言われた。だが、出会った当初は小野寺に注目していたこともあり、特に裏付けは取っていない。萌香が殺害された際の彼のアリバイもしかりだ。北海道に出張に行っていたということで、事件の日に撮ったという空港や街並みの写真を見せてもらった。とはいえ、ちらりと目にしただけで、本当に北海道を写したものか千秋にはわからない。そして、城下自身が写ったものは一枚もなかった。

結局、千秋にしてみれば彼は自称萌香の元恋人でしかない。

千秋は徐々に胸の空間が狭くなっていく気がしてきた。城下がコトリの常連客で、店員だった萌香と出会って交際に発展した事実があったのか、奈央と榊に確かめたことはない。

今、城下は話したいことがあると言って千秋の前に現れた。どうして彼は自分の居場所がわかったのだろう。こちらの様子を尋ねる連絡もしてこなかったというのに。

どこかから、ずっと自分を見ていたのか。

薄い生地のワンピースに包まれた背中が汗ばんできた。

城下さん、と声をかけようとした時、彼が立ち止まった。言葉をのみ込み、千秋もその後ろで足を止める。妙に周囲が暗いことに気づく。ちょうど橋の下に来ていたのだ。街灯は遠く、頭上の星空の一切がコンクリートの橋桁で遮られていた。

「なあ千秋さん」

千秋に背を向けたまま、城下が言った。

「あんた、何で萌香の服を着ているんだ？」

「え？」

唐突な質問と、敬語の抜け落ちた彼の口調に千秋は戸惑った。次の瞬間、心臓のあたりに衝撃を受けた。

「とぼけようとしても無駄だ」

目の前に城下の顔があった。息を吸おうとして、ひっと喉が引きつったことから、千秋は自分が胸倉を摑まれ、捻《ねじ》り上げられていることを察した。

「すでに確かめてある」

間近に迫った城下の双眸は、闇の中の肉食獣のようにぎらついていた。

「この前コトリで会った時、俺は目を疑った。あんたの着ていたピンクのワンピースは、萌香が着ていたものとよく似ていた。まだ付き合っていた頃、彼女は俺に自慢していた。これはカテリーナというブランドの数量限定品で、手に入れるのに苦労した。この地方では一着しか入荷していなかったので、店員と仲良くして何とか手に入れた、と」

城下の手にどんどん力がこもっていくのを感じながら、千秋は半ば呆然《ぼうぜん》としていた。どうして今までその可能性を考えもしなかったのだろう。萌香を殺した犯人が城下だと。

「もちろん、初めは思い過ごしだと思った。俺は女の服のことなんてよくわからないから。だが、あんたに声をかけて言葉を交わすうちに、やっぱり偶然だとは考えられなくなってきた。あんたは萌香とそっくりの服を着て、萌香みたいな髪型にカチューシャをつけていた。何より、話し方や身振り手振りが萌香を真似しているようにしか見えなかった。あんたは一体何者なのか。それを探るには、あんたが着ている服が本当に萌香のものなのかを確かめるしかなかった」

トランクルームに侵入したのはこの男だったのか。その、犯人が萌香の服に寄せる執着は千秋の睨んだ通りだった。

コトリに入店する順番待ちで初めて出会った時、城下は特に千秋に興味を示さなかった。千秋が萌香の私物ではない赤いワンピースを着ていたからだ。葬儀で見た萌香の死に装束をイメージして選んだのだが、センスがないのか再現性は低かったのだろう。

しかし、次にコトリを訪れた時には萌香の部屋から拝借したワンピースを着ていた。千秋が最後に萌香に会った時に彼女が身につけていたものだ。それに城下は反応した。そこでとっさに萌香を殺した犯人を捜す元恋人になりきって、千秋に接触を試みた。コトリで千秋に相席を求め、情報交換を持ちかけてきた時点から、彼はすべてを偽っていたのだ。

城下は千秋の目に浮かんだ考えを掬い上げるように小さく頷いた。

「この前、駅前で別れてから後を尾けて、あんたがトランクルームを借りていることを突き止めた。あの晩、あんたはそこに泊まったみたいだな。俺は何日か後にそこに行って、あのワンピースを見つけ出した。それからほかの服を破いて散乱させて、ワンピースを盗んだことをばれないようにしておいた」

確かに、千秋はワンピースが一枚だけなくなっていることを、今に至るまで知らなかった。

「手に入れた服をこのあたりでは斜岡に一軒だけしかないカテリーナに持っていった

よ。それで確認してもらった。俺の予想通り、やっぱり萌香のものだった。店には顧客情報も残っていたんだ」

「……」

「つまり、あんたは萌香が死んだ後に彼女の服を着てこのあたりを歩き回っていた」

城下は研いだ鎌のように目を細めた。

「何のつもりなんだ」

千秋はからからになった口をゆっくりと開けた。

ようやく辿り着いた。自分を愛してくれる人に。

狭くなった胸がじんわりと熱を帯びる。向こうの方から来てくれたのだ。城下は千秋の素性もわからないまま、しかし気になって仕方がなくなり、いきなりぶつかってきたのだ。その一途さ、獰猛《どうもう》なほどの愛情深さが痺れがくるほど好ましい。

千秋は自分の行動の意図を明かそうとした。すべてはあなたに会うために、愛されるためにやっていたのだ。

だがそれより先に、城下は噛みつくように畳みかけた。

「どうやってあれを手に入れた？　萌香の持っていたはずの服を。何でそれを着てるんだ？　男なのに」

ざらり、と足下の雑草が音を立てた。

千秋はちょっと言葉に詰まった。

ある意味、意外といえば意外なのだが、今まで誰も口にしなかった質問だった。

なぜ、千秋正志《まさし》が女装をしているのか。

細身とはいえ、千秋は身長が一七五センチある。萌香の格好をするときはファンデーションをつけているが、髭の剃り跡を完全には隠しきれていないはずだ。何より、どれほど上辺を装っても、声だけは変えようがない。男性そのものの声を聞いて、千秋が生物学的に女性だと思う人間はひとりもいないだろう。

ところが、最近はＬＧＢＴなど多様性を尊重する社会風土が育まれつつあるのか、ほとんどの人間が女装した千秋の不自然さを正面切って指摘しないのだ。

萌香の格好でいる間、千秋はあまり素性を知られたくなかった。職場など、自分の生活する近辺で女装癖があるなどと噂を立てられたくなかったからだ。出入野は地元なので、親に知られてしまうおそれもある。そこで、萌香の通う大学やコトリの人々に自らのことを多くは語らず、名前も名字しか明かさなかった。すると、彼らはそれすら受け入れて、「千秋ちゃん」「千秋さん」と呼んで女性扱いしてくれた。何だか千秋の方が居心地が悪いくらいだった。

例外は榊くらいだろうか。彼が単なる意気地なしだとわかった今なら、千秋をやたら攻撃してきたその心理がはっきりわかる。密かにロリータファッションの女装を楽しむ彼は、千秋に同族嫌悪を覚えていたのだろう。

しかし、もちろん女装は千秋の趣味ではない。萌香の格好をする必要があっただけだ。

したがって、城下に返す答えは変わらなかった。

すべては、あなたのためにしたことだ。

千秋はどうしてもあの深い愛が得たかった。本物であれば、それがどんな形を取ろうとかまわなかった。つまり、対象が異性だろうが同性だろうが、分類が恋愛感情だろうが人間愛だろうが、何でもいいのだ。千秋はただ萌香を殺した犯人に気に入られたいがために、彼女の格好を真似た。やっと意中の相手に対面できた今、彼が望むなら普段の性別に合わせた格好に戻してもいい。また、女装を続けてもいいし、たとえば纏足《てんそく》を求められればそれにも応じるだろう。自分を愛してくれるなら。

「あんたは何者なんだ」

城下の熱い息が顔にかかる。自分に向けられた抉るような視線が心地いい。城下は千秋に惹かれる一方で、彼を警戒しているのだろう。女装しながら犯人探しに励む千秋の心理をまだ摑めずにいるのだ。安心してほしい。自分は断じて警察に通じるような敵ではない。千秋が説明しようとした時だった。

「あんたなんじゃないのか、萌香を殺したのは」

千秋は耳を疑った。その弾みで体からやや力が抜け、首元にまで城下の指が食い込む。

「そうじゃなければ、萌香の服をどうやって手に入れた」

様子がおかしい。城下は自分を疑っている。彼は萌香を殺した犯人ではないのか。千秋は反論するのも忘れて相手を見た。今にも泣き出しそうな顔をしていた。

「あんたが、あんたが……」

城下の顔でいっぱいになった視界がぐらりと揺れた。直後に目の前は闇に塗りつぶされ、腰に鈍い痛みが走る。そこからひんやりとかたい感触が伝わることから、自分がしりもちをついたことを知る。

何が起こった。

千秋はその場に座り込んだまま、忙しなく視線を動かした。暗い橋の下。目の前には大きな城下の影。自分の胸倉を摑んでいた彼が、ふいに体を押してきたのだ。その衝撃に堪えきれず、千秋は転んでしまった。理屈はわかる。

だが、何か違和感がある。千秋は目の前に立ちはだかる相手を見上げた。その影の形が、異様だった。とうてい人間のものとは思えない歪な輪郭に縁取られている。

「動くな」

化け物の影が言った。それでようやく、千秋は気づいた。いつのまにかひとりの人間が城下の背後にぴったりと張りついている。影が奇妙な形をしていたのは、二人分が重なっていたからだった。今、声を発したのは城下ではない方だった。

「少しでも動いたら、抜く」

その声に、千秋は聞き覚えがあった。

「抜いたら、あんたはもう助からない」

城下は背後の人間の言葉に従って、じっとしていた。その目は見開かれ、口は半開きになっている。自分の身に起こったことがまだはっきりとは把握できていないのだろう。それを目撃している千秋でさえ、信じられないような思いなのだ。だが、次第に目が暗さに慣れていく中で、事実は疑いようもなくなっていった。

城下の背後に立った人間が、彼の首に何かを突き刺している。その時の衝撃で千秋は突き飛ばされた形になったのだ。城下の首の近くに柄を握った手が見えるので、襲撃者の凶器はナイフの類《たぐい》だとわかる。今のところ出血はほとんどないようだが、襲撃者の警告する通り、刃物を抜けば大変なことになるだろう。本能的にそれを察した城下は動けないでいる。

「勘違いでまた別の子を殺そうとするなんて、最低」

つぶやくように襲撃者は言った。その口振りで千秋は確信した。やはり、見知った人間だ。

「……中沢《なかざわ》さん？」

小さく声をかけると、相手がはっとしたように千秋の方を見た。格好が普段と違うために、知り合いだとは気づいていなかったようだ。向こうがこちらを認識するのには少し時間がかかった。やがて、揺れる声で名前を口にする。

「千秋さん……」

一瞬、勤務中であるかのような錯覚を覚えた。

城下を挟んで、千秋は斜岡の職場の同僚である中沢樹理と向き合っていたからだ。

つまり、彼女が城下に刃物を突き立てていた。

なぜ樹理がここにいるのか。城下とどういう関係にあるのか。千秋はぽかんと口を開けるしかなかった。

樹理の方も、千秋がここにいる理由が解せないのだろう。

「何で」と言いかけたが、

「動かないで」

途中で鋭い声を出した。城下が身じろぎしたようだ。それを機に、彼女は再び注意を手元へ戻した。

「何なんだ、あんた達は」

城下が掠れた声で呻《うめ》いた。意識ははっきりしているようだ。首に突き立てられたま

まの刃物が止血の役目を果たしているのだろう。

「あの人は関係ない」

樹理は千秋に向かって顎をしゃくった。自分のことはひとまず脇に置いておくこと

にしたようだ。城下に語りかける。

「やっぱりまだわかっていなかったんだね」

静かな口調だった。それだけ聞いていると、今まさに人を刺傷している人間だとは

思えない。

「私に辿り着くまで、もう少し泳がせてあげてもよかったんだけど。それなのに勘違

いして、全然関係のない人間を手にかけようとするなんて。見ていた私が止めに入る

しかないじゃない」

どうやら樹理は城下に詰め寄られた千秋を助けてくれようとしたらしい。しかし、なぜいきなり城下を刺す必要があるのか。

「本当のことに、あんたはまだ何も気づいていないんだね。どうして倉橋萌香が殺されたか。どうして私が殺したか」

千秋は愕然として、同い年の同僚を眺めた。

犯人が女であったこと、萌香を介さない千秋の直接の知り合いだったこと、それも同じ会社に勤める樹理だったこと、すべてが予想を外れていた。

千秋は何かにつけ、社員が罵倒される社風が好きで今の会社に入った。そうした行為はパワハラとして社会問題になっているようだが、彼の考えは違う。社員の自分にきつくあたるということは、それだけ上司や先輩が目をかけてくれているということだ。さすがにプライベートまでは踏み込んでくれないが、職場としては理想的といえた。

その、怒号の飛び交う社内で、事務職の樹理は異質な存在といえた。彼女はてきぱきと要領よく仕事をこなし、どの社員に対しても親切で、まず感情を露《あら》わにすることはない。つまり、情熱からは最も遠い性格だった。千秋は前からつまらない人間だと思っていた。その樹理が萌香を殺したというのか。だいたい二人に面識があったのか。

千秋と同じくらい、城下も樹理の言葉に驚いていた。

「あんたは誰なんだ」

彼は樹理のことをまったく知らないらしい。

「わからせてあげる」

樹理はほとんど口を動かさずにささやいた。暗闇に放置された彫像のようにその表情は動かない。

「あんたと倉橋萌香が何をしたか、あんたが思い知るまでは死なせない」

彼女は語り始めた。

十七

樹理には恋人がいた。

北見《きたみ》というその男との付き合いは古く、保育園から一緒だった。

北見を樹理が守ってあげるような関係だった。彼は喘息《ぜんそく》持ちで体が弱く、小柄だった。そのため、体の大きな子によく泣かされていた。樹理は園庭などでそうした場面を見つけると、飛んでいっていじめっ子に組みついた。正義感というよりは、北見が目に涙をいっぱいに溜めているのを見ると、体がむずむずしてたまらなくなるのだった。それで返り討ちにされておでこに大きな瘤《こぶ》をつくったり、反対に相手を泣かせて保育士に怒られたりした。その間、北見はいつも樹理の後ろに隠れていた。そして、後で「ごめんね」と言ってタンポポなどを持ってきた。樹理は彼からもらった花や葉っぱをすべて分厚い本に挟んで押し花にして残した。

同じ小学校に上がってからも二人は仲良しだった。よく一緒に下校したりしたが、思春期が近づくにつれて関係がぎくしゃくし始めた。二人の仲を同級生に冷やかされたこともあって、一緒にいることが気恥ずかしくなったのだ。互いに同性の友達とばかり遊ぶようになり、いつしか疎遠になった。

しかし、高校で同じクラスになってから交流が再開した。樹理と北見の住む町は小さく、小学校から高校まで一校しかなかったのだ。

久しぶりにきちんと見た北見の身長がすっかり自分を追い越していたことに樹理は驚いた。背の高さばかりではなかった。喘息こそまだ完治していなかったが、彼は何もかも樹理より大きくなり、強くなっていた。一方で、決して相手にきつい物言いをしない性格は昔のままだった。

教室で言葉を交わすようになってからほどなくして、交際に発展した。二人の関係は大学を経て社会人となってからも続いた。

北見は桜が好きな男だった。

そのため、春になると樹理は忙しくなった。北見が毎日のように花見に誘うからだ。高校生の時までは自転車で近所の公園の桜を見にいく程度だったが、大学以降になるとその行動範囲がぐっと広がった。北見が運転免許を取得し、車も購入したのだ。彼は毎年さまざまな桜の名所を調べ上げ、樹理をあちこち連れ回した。斜岡、神泣、出入野。車で可能な距離ならどこまででも行った。

実は樹理自身はそれほど桜が好きなわけではなかった。子どもの頃は少し苦手だと感じていたくらいだった。薄いピンクを全身に纏った木には妙な威圧感があり、どこか気味が悪かった。根元に死体が埋まっているという話を小耳に挟んだことも影響していたのかもしれない。

だが、その気持ちも北見の笑顔を前にすると拭われた。

「きれいだなあ。桜はいいなあ」

満開の桜を見るたびに、北見は子どものように声を上げて喜んだ。しだれ桜や山桜といった変わり種よりは、一般的なソメイヨシノを好んだ。

「感動しすぎ」と、樹理は北見をからかいながらも、自分の頰も緩むのを感じていた。彼の笑顔を見るために樹理は花見に付き合っているようなものだった。こうして、自分達は毎年桜を眺め、いずれそこに子どもも加わるのだろうと、漠然と信じていた。

二年前の春のことだった。

その頃には、樹理も北見も互いに斜岡で社会人として働いていた。過疎地の地元出身者は、就職を期に都市部に出ることが多かった。二人はそれぞれひとり暮らしをしていたが、そろそろ結婚の話も出ていた。

その年、北見が見つけてきた新たな花見の地は、隣県の出入野の公園だった。そこはまだ無名だが、桜の木が多く植えられており、一部で話題になっているらしい。夜桜を見にいこうと彼は樹理を誘った。特にライトアップなどはされていないのだが、街灯で十分きれいに見えるという。いつものことなので樹理は了承し、週末に北見の車で出かけることにした。出入野へは日帰りできる距離だったので、互いの仕事の後に待ち合わせることにした。

樹理を車で迎えにきた北見は、小さな赤いショルダーバッグを提げていた。

「えっ、仕事にそれを持っていってるの」

「使いやすいんだよ」

彼はバッグを軽く叩いてみせた。

「ポケットがいっぱいついていて、薬が入れやすいんだ」

それは、樹理が去年のクリスマスにプレゼントしたものだった。リーダーという北欧のブランドで、日本では入荷していないので現地から取り寄せた。北見はこれがいたく気に入り、どこでも持ち歩いているようだ。さすがに職場では色が目立つのでやめた方がいいと樹理は思ったが。

軽く食事を済ませてから、北見の運転で出入野に向かった。近くの市営駐車場に車を駐《と》め、公園に足を踏み入れる。確かに穴場だった。広大な敷地のあちらこちらが桜色に染まっている。それでいて花見客の姿はちらほらとしか見かけない。樹理と北見はそぞろ歩き、落ち着いて夜桜を楽しむことができた。

公園の奥の方まで進んだ頃、

「あそこ見て」と樹理は指を差した。

桜の木に取り巻かれた小さな池があった。街灯はなかったが、月明かりが桜の色を池に落としていた。水面がぼうっとピンクに霞《かす》んで見える。

「これはすごいなあ」

北見も嘆声を上げる。

池の側にベンチがあったので、並んで腰を下ろした。桜色の月明かりが、自分達の爪先も染めていくような気がした。

「いつかこういうところで暮らさない？」

しばらく目の前の景色に見入った後、北見が樹理に言った。

「自然がいっぱいのところで、のんびりするの」

「うわ、何か年寄り臭い」と樹理は笑った。

「嫌？」

「ううん、いいと思う。今、私も北見くんも働きすぎだから。もうちょっとしたら転職して、落ち着いたところで暮らしてもいいかも。カフェとか開いて」

エンジニアとして働いている北見は日々、納期に追われている。樹理の方も、会社で出張が多い部署に所属しており、忙しかった。

「カフェ経営か。コーヒーの勉強でもしてみるかな。店を開くならどこがいい？」

「どこでもいいよ。地元でもほかの場所でも。空気がきれいなところなら、北見くんの体にもいいでしょ」

樹理が言うと、彼はちょっと意地の悪い口調で言った。

「でも、樹理は虫が嫌いだろ。それに、地方に移住したら収入が減るよ」

「いいよ」

樹理は短く返事をして、頭を北見の肩に凭せかけた。幸せだった。

それから少しして、樹理と北見はベンチから立ち上がった。そろそろ駐車場へ戻ることにする。夜が更けたためか気温が下がり、風が出てきていた。足下で、散った桜の花びらがふわふわと低空飛行している。

「あー、やっぱりだめだ」

道の途中で、ふいに北見が言い出した。

「俺、やっぱりもう田舎暮らしは無理みたいだ。道はアスファルトじゃないと」

「どうして」と聞いた直後に、樹理は気づいた。北見の呼吸が荒くなっている。

「砂埃のせいだな」と、北見は慌てるでもなく原因を分析している。彼はまだときおり喘息の発作を起こすのだ。

「薬、使う？」

樹理は立ち止まった。発作が起こった時は吸入薬で治療することになっている。何度もその場に立ち会ったことがあるので、彼女も慣れていた。

「そうするよ……あれ」

少し北見の声が大きくなった。

「バッグがない」

樹理が見ると、確かに彼は手ぶらだった。あの目立つショルダーバッグがない。薬はその中に入っていた。

「落としたの」

「ついさっきまで持ってたぞ」

北見が顔を歪めながら周囲を見回す。だが、手から落としたのなら音がして気がつくはずだ。

「さっきの池じゃない？」と樹理は思いあたった。

「あそこのベンチに座った時に忘れてきたのかもしれない……」

言いながら、樹理は北見の顔色の悪さにぎょっとした。ぜいぜい、ひゅうひゅうと、呼吸にも嫌な響きが混じり始めている。症状が急速に悪化しているようだった。それでも道を引き返しかけようとするのを、

「待ってて」と樹理はとどめた。

「私が池まで行って取ってくる」

「頼む」と北見はしゃがみ込んだ。いつにないことだった。

発作を起こした彼ひとりを残してこの場を離れるのは気がかりだが、あいにく周囲に人気はない。

「すぐ戻るから」と北見の肩に手を置いてから、樹理は駆け出した。闇の中に浮かび上がる桜などもう目に入らなかった。ただひたすら池のベンチを目指して走った。冷たい空気に肺が痛む。だが、北見の苦しみはそれとは比べものにならないはずだ。

ようやく月の下にぽつんと佇むベンチが見えてきた。樹理はそこに駆け寄りながら目を凝らす。ない。赤いバッグがどこにも見あたらない。爪を立ててベンチの縁を摑み、その下も覗き込んだが、じめじめした苔《こけ》が生えていただけだった。

「嘘でしょ」

つぶやきが零れ落ちた。

ここへ来てベンチに座る前にバッグを落としたのだろうか。いや、ベンチの上で北見はその中からスマートフォンを取り出し、写真を撮っていた。では、帰り道か。だが、すでにここに戻ってくる中で足下を確認していた。うっすら砂埃を漂わせる地面にバッグは落ちていなかった。樹理は再び引き返し、北見の元へ走った。その途中でまたバッグを探した。ない。どこを見てもない。自分の目がおかしくなってしまったのだろうか。ただ、バッグのない道の先に北見が見える。

「北見くん」

地面に跪《ひざまず》き、背を波立たせている恋人の姿に、樹理は息ができなくなった。その顔は、すでに彼女が見たことのない色をしていた。それでも、駆けつける樹理の足音に反応し、彼は顔を上げた。

「樹理」

細い笛のように喉を鳴らしながら、北見は泣き笑いの顔をした。

「ごめん」

「何言ってるの」

あたりかまわず悲鳴を上げたくなるのを抑えた。もはやどこにあるかわからない薬を探している余裕はなかった。樹理は北見の背中をさすりながら、スマートフォンを取り出した。一一九番通報すると、思った以上に冷静な声が出た。喘息の発作が出て薬がないんです、今いる場所は……と説明しながら、どうして、という疑問が渦巻いていた。どうして、薬の入ったバッグがどこにもないのか。あれさえあれば。

救急車を呼んだが、北見は助からなかった。

あっという間の最期だった。彼は息ができず、苦しみながら死んだ。彼の喉や胸元は傷だらけだった。樹理が薬を持ってくるのを待つ間、苦痛に堪えず掻《か》き毟《むし》ったのだろう。指と爪の間には血がこびりついていた。

その死を目の前で見届けた樹理は、事実をまともにのみ込めなかった。あれほどたくさんの思い出を一緒に紡いできた相手が急にいなくなる道理がない。北見が搬送された病院で、樹理は呆然と夜を明かした。その間に警察がやってきたが、事態を順序立てて話せた自信はなかった。ただ、バッグがなかった、と繰り返した気がする。事件性はないと判断したらしく、警察はバッグの遺失届だけ出すように指示して、早々に引き揚げていった。

明け方に北見の両親が到着した。彼らもまた現実が受け入れられない様子だったが、葬儀のために遺体の搬送などを考える必要があった。互いによく知った仲である樹理は彼らの手伝いをした。動いている方がまだ気が紛れた。

それでも、思考は全然冷静さを取り戻していなかったらしい。公園近くの市営駐車場に車を置いたままにしていたことを樹理が思い出したのは、翌日の昼間だった。何日も放っておくと駐車料金が大変なことになるので、彼女がいったん引き取りに行くことになった。

届けは出したが依然、北見のバッグは見つかっていなかった。カーディーラーに事情を話して用意してもらった車の合い鍵を手に、樹理はひとりで出かけた。電車を使い、車を運転して地元に戻れば通夜に間に合う。

出入野だけでももう二度と足を向けたくないのに、駅から駐車場に辿り着くにはあの公園を通らなければならなかった。

緑と桜に彩られた道を、樹理は息を詰めて歩いた。休日の公園は夜とは比べものにならないほど人通りがあった。夜桜はまだ無名だが、昼間の花見のスポットとしては地元で有名らしい。あわせて、奥の方で何かイベントをやっているらしく、家族連れやカップルの姿が目立った。皆、楽しそうだ。少し前までは自分達もあんなふうに映っていたのだろう。無意識に奥歯を噛み締めながら考えていると、目の端にきらりと光るものが入った。あの池だ。北見と最後に並んで座ったベンチのある池。慌てて視線を逸らした時だった。

「やっぱりあれはまずかったんじゃない？」

女性の声が耳に入ってきた。

「酒の恥は掻き捨てだよ」と男性の声が応じる。

「でも、誰かの持ち物だったんだよ。リーダーの赤ってけっこう高いし」

樹理ははっとして目を上げた。

彼女の少し前を若い男女が歩いていた。向き合った横顔の口がぱくぱくと動いている。

「あれは勝手に触っちゃいけなかった」

「君だってあの夜は一緒にはしゃいでたじゃないか」

「だから今、反省してる」

「そんなこと言ったって、もうどうしようもないだろ」

ぐにゃりと頭の中が歪んでいく気がした。今、彼らは何と。

追い縋って、確認しようとした。彼らに向かって飛び出そうとした爪先は、しかし、何かに躓いた。勢い余って樹理は地面に倒れ込む。鼻先に砂利がぶつかってきた。北見の肺を苦しめた砂埃が上がる。息ができない。息ができない。

「大丈夫ですか」

声をかけられて、樹理は我に返った。目の前に中年男性がいた。妻らしき女性と一緒に腰を屈め、心配そうに樹理を覗き込んでいる。彼らとは似ても似つかない顔――そうだ。樹理は急いで身を起こした。あの二人を追わなければ。周囲を見回す。いない。あの男女の姿はなかった。さっきまで確かに存在していたのに、消えていた。北見の赤いバッグのように。この公園は、樹理の求めるものを皆のみ込むのだろうか。

いや、逃しはしない。

樹理は自分の体調を気遣う親切な夫妻に形ばかりの礼を口にして、立ち上がった。なおも病院に行った方がいいのではないかと言ってくる彼らを振り切るようにして歩き出す。そうして目をせわしく周囲に走らせた。あの二人はどこに。

道に人は満ちていたが、その中に彼らの横顔はない。名残や気配さえなかった。樹理のことなど何も知らずに立ち去ってしまったのだろう。彼女は数分間、気絶していたようだった。北見を失った衝撃に加え、その後ほとんど寝ていなかったので、体力が限界を超えたに違いない。だが今や、体の不調をまったく感じなかった。樹理の目と足は機械のように休みなく動き続けた。二人がどんな服装をしていたかなどは、ほとんど記憶にない。だが、あの横顔、あの声は忘れていない。瞬時に神経に焼きつけられていた。

さっきの彼らの会話はどういう意味だったのか。あの女は確かにリーダーの赤と言った。彼らの口から説明してもらわなければ。その答えを聞くまでは、止まれない。ただ、それを聞く前に、みるみる彼女の中で腐臭を放つ想像が積み上がっていく。肥大する想像がまた足を速めさせる。

樹理は公園をぐるぐると歩き回った。何周も、何周も。彼らを見つけるまでは諦めない。次第に周囲は暗くなる。それらしき男女を捜し続けるが、そもそも人がいなくなってきた。それでも樹理は足を止めなかった。もうこの公園の道を何度巡ったかわからない。同じ景色が繰り返し上塗りされて、静止画の中を進んでいる気がしてきた。それもやがて闇に溶けていく。視界がきかなくなってくる中、肌に千の針をあてられるような冷たさを感じた。雨が降ってきたのだ。街灯にほのかに浮かび上がる桜の花が揃って身震いし始める。それに目もくれず、樹理は進み続ける。雨は彼女の全身に無言で降りかかった。死んだ魚の皮のような濡れた服が肌に張りつき、体温を奪っていく。だが、何ということはない。あの息詰まる苦しさに比べたら……桜が咲いている。北見が好きな、いや、好きだった桜。

数時間後、樹理は帰りが遅いことを心配した両親に発見された。いくら帰ろうと声をかけても、まっすぐに前だけ見て公園を徘徊《はいかい》し続けようとする娘を、彼らは泣きながら抱いた。

樹理にとって北見の死は、恋人を失ったことを意味するだけではなかった。

彼と一緒に過ごした自分の人生の大部分を大きな手でもぎ取られてしまったような気がした。樹理の見るあらゆる場所に北見がいて、いなかった。彼女は生活することが堪えられず、会社を辞めた。

両親は帰省を勧めたが、樹理は絶対に嫌だった。地元には斜岡以上に多くの北見との思い出が残っている。

樹理は誰とも口をきかず、ずっとひとりで過ごした。次の職探しなどはしなかったが、毎日外出はした。行き先は出入野だ。彼女は一度浮かんだ疑惑をどうしても捨てられなかった。

公園で見たあの二人は、北見のバッグを盗んだのではないだろうか。

北見の死から数日後、バッグは見つかっていた。公園の清掃員が茂みの中から見つけたのだという。バッグに喘息の薬は入っていたが、そこからは財布とスマートフォンがなくなっていた。

おそらく、北見は池の前のベンチにそれを置き忘れた。彼が樹理とその場を立ち去った直後に件の二人が通りかかり、軽い気持ちで置き引きしたのではないか。バッグから必要なものだけを抜き取り、その辺に捨てた。それ以外、偶然耳にした彼らの会話の説明がつかない。酔った勢いだろうか。ちょっとした小遣い稼ぎのつもりだったのだろうか。

もし樹理の想像通りなら、彼らは間接的に北見を殺したことになる。

いつもの喘息の発作を鎮める薬さえあれば、彼は必要以上に苦しむことも、樹理に「ごめん」と泣き笑いで謝ることも、死ぬこともなかった。

樹理はとりつかれたように出入野の公園に足を運び、あの二人を捜した。北見のバッグを盗んだ後にも平然と花見に来たのだから、三度現れてもよさそうなものだ。だが毎回、空振りに終わった。面影の似た人間さえ見つからなかった。花の散った桜の木々から一切のピンクが消えたように。

やがて貯金が底をついた。まだ死ぬわけにはいかないな、と樹理は漠然と思った。北見のことは終わっていない。そこで再び働くことを決めた。

無職の期間が一年近くに及んでいたためか、ろくな再就職先は見つからなかった。結局、入社したのは絵に描いたようなブラック企業だった。事務職として安い給料でこき使われた。しかし、生活できる分さえ稼げて北見のことが考えられるのなら、どうでもよかった。

淡々と時間が過ぎていく中で依然、北見は樹理の心の大部分を占め続けた。その存在は色褪《いろあ》せるどころか、際立つ一方だった。どれだけ考えても、彼ほど一緒にいたい人はいなかった。

一方で、あの二人の存在は実体がはっきりしない分、薄まりつつあった。バッグの謎は残るが、彼らに関する手がかりは皆無だった。本当に実在していたかどうかさえ確信が持てない。あの二人の姿は、心身の疲労で卒倒寸前だった樹理の見た幻だったのかもしれない。そうすることで、自分は北見の死を何かに責任転嫁したかっただけなのではないか。仕事が忙しいこともあって、樹理が出入野へ足を運ぶ回数は次第に減っていった。

そんな時だった。会社にひとりの女子大生がOB訪問にやってきたのは。

同僚の千秋を頼って訪問したらしい。もっとほかにましな伝手はなかったのだろうか。職場見学に訪れる学生の話を聞いた時、樹理はそんな感想を抱いただけだった。

ところが実際、職場に現れたリクルートスーツ姿の学生の顔を一目見て、すっと胃が冷たくなった。

あの女だ。

公園で見かけた男女のうちのひとりに違いなかった。パソコンの陰から、樹理は瞬きもできずに彼女を凝視した。倉橋萌香と名乗る女は、地元の先輩の千秋から業務内容を興味深げに聞いていている。

その姿を見つめているうちに、樹理の全身からは赤い血が引き、空いた血管に冷たい水が満ちていく気がした。

真新しいスーツに身を包んだ萌香は、罪の気配を微塵も纏っていなかった。くるくる表情を変えながら千秋の説明を聞き、よく動く目で職場を見回している。ときおり笑みも浮かべた。それは、自分の開かれた未来を何の疑いもなく信じているからだった。何の罪もないのに、バッグひとつで北見が断ち切られてしまった未来を。

それを意識した瞬間、樹理の心は決壊した。

彼女は唇を噛んでデスクに爪を立て、全身に力を入れてじっとしていた。そうしないと、萌香に飛びかかり、力の限り顔を引っ掻き、眼球を抉り出してしまいそうだった。だが、まだ知りたいことが残っている。

事務職の立場を利用して、樹理はOB訪問に訪れた学生の住所を把握した。やはりあの公園のある出入野に在住しているらしい。終業後や休日ごとにそこを訪れ、萌香の動向を探った。そうして、ついにもうひとりの存在も見出した。あの時、萌香と一緒にいた男だ。城下貴弘《たかひろ》というらしい。

北見が公園で命を落とした当時、二人は交際していた。今は別れたようだが、繋がりが完全になくなったわけでもないらしい。どこかぎくしゃくしつつも、定期的に顔を合わせているようだった。それで、樹理は彼に辿り着いたのだった。

城下と萌香は会うたびに、食事をしたり会話をしたり、樹理と北見がもう決してできないことを二人でしていた。身ぎれいな格好をして並んで歩き、笑顔を見せることもあった。彼らを尾行する間、樹理は何度となくその背中に問いかけた。

あんた達、自分が何をしたかわかってる？

答えは、聞かなくともわかった。たまに城下と萌香のまなざしが翳《かげ》りを帯びることがあっても、それは決して、自分達の過去の出来心を恥じるものではなかった。ましてや、その悪心が誰かを死に追いやった可能性など想像すらしていないだろう。

二人を見つめる樹理の胸に、結論はごく自然に落ちてきた。北見を殺した罪は、彼らに死を以《もつ》て償わせるしかない。

初めに萌香を狙ったのは、彼女の罪の方がまだ浅いと考えたからだ。

北見が死んだ後、現場となった公園を歩いていた二人の中で、萌香は多少後悔の言葉らしいものを口にしていた。一方で、城下はそれに対し「酒の恥は掻き捨て」とのたまった。

先に萌香を殺すことで、城下は彼女が事件に巻き込まれた心あたりを考えるだろう。同時に、彼に愛する人を失う苦しみを与えることができる。別れたとはいえ、彼が萌香に未練があるのは明らかだった。城下に自分と同じ欠乏と哀しみを嫌というほど味わわせ、罪を自覚させ、最後に殺す。

樹理はその計画にとりつかれた。自由になる時間のすべてをつぎ込み、準備に明け暮れた。自らが人を傷つけ、罪を犯すことにもちろん抵抗はあった。だが、復讐《ふくしゅう》を済ませた後に自殺すればいい。そうすれば罪悪感も自分の存在ごとなくなる。樹理は残される人々のことを考える余裕すらなくしていた。城下と萌香に芽生えた憎しみは、実体があるものより強く、体の中で黒さと熱さと硬さを持っていた。

会社の記録からは萌香の住所ばかりでなく、彼女の電話番号やメールアドレスも知ることができた。そこで、樹理は萌香を襲撃する前に、彼女に複数回メッセージを送った。その内容は、萌香に一方的に思いを寄せ、ストーカー行為をはたらく男性を彷《ほう》彿《ふつ》させるものにした。事件後の捜査の攪乱《かくらん》を狙ってのことだ。こちらの最終目的は城下の殺害であり、その前に萌香の件で警察に捕まってしまえば意味がない。樹理のつくり上げた男性の犯人像を警察に検証させることによって、城下に考えさせ、彼を手にかける時間を稼ぐことができる。

一方で、萌香の殺害の実行日には、城下のアリバイが完璧に成り立つ日を探した。万一、彼が元恋人の殺害犯として警察に疑われるようなことになれば、それはそれで樹理の計画が遂行しにくくなる。警察の監視下にある容疑者に接触し、殺害するのは難しいだろう。そのため、城下の身辺を探り、北海道に出張に行く日を実行日に選んだ。

その夜、樹理は包丁を利き手に持ち、上からガムテープを幾重にも巻きつけて落とさないように固定した。アルバイト先から帰宅する萌香を路上で待ち伏せし、襲いかかった。

包丁を握りしめてまっすぐに向かっていっても、彼女はまったく無防備だった。それは周囲が暗いので凶器がよく見えなかったせいばかりではないだろう。まさか自分が犯罪に巻き込まれるとは思わなかったに違いない。何の罪悪感も浮かんでいない目で、ただ近づいてくる自分を不思議そうに眺める萌香に、樹理は包丁を振り上げた。肺のあたりを狙って突き刺した。

萌香はその勢いで仰向けに倒れた。樹理は馬乗りになりながら彼女の胴体から包丁を引き抜き、また肺めがけて刺した。

いつもの薬がなかったせいで、北見はここが苦しかったのだ。ここが。ここが。

心の中で呪文のように繰り返しながら、樹理は何度も刺した。いくつかの言葉は実際のつぶやきとして空気中に洩《も》れていたかもしれない。恨みを晴らしているはずだが、爽快感はかけらも感じられなかった。それは義務だった。北見のためにとるべき行動だった。

やがて、樹理の下で萌香は動かなくなった。彼女の手首を取り、脈がないことを三度確認してから、樹理は立ち上がった。死体を路上に放置して逃走した。

翌日から、時間の許す限り城下を監視した。樹理の予想通り、彼は警察に任せるだけでなく、自身でも萌香の殺害犯を捜し始めた。いろいろな人間を訪ねて事情を聞いていたが、なかなか真相に辿り着く様子がない。城下は二年前に人のバッグを盗んだことすら覚えていないのだろうか。樹理はいっそう嫌悪を募らせながら、ひたすら本人の気づきを待った。

ところがその前に、緊急事態が発生した。城下がおかしな動きを始めたのだ。

会社の休日を利用して、樹理はいつものように出入野へ向かい、仕事帰りの城下を尾行していた。すると、彼はひとりの女性を呼び止め、夜道を二人で歩き始めた。そして、人気のない橋の下でいきなり女性に摑みかかったのだ。どうやら萌香を殺した犯人と勘違いしたらしい。

樹理は瞬時に決意をかため、バッグに手を入れた。これ以上、城下の身勝手な振舞いによる犠牲者を増やすわけにはいかない。しかも、城下の暴走は萌香の事件の犯人捜しによるものであり、無関係の女性に何かあったら樹理の責任だ。萌香と城下への殺意は抱いていたが、本来、樹理は人を傷つけたいと思ったことはない。

バッグの中には、萌香を殺した凶器とは別の新品の包丁が常備してあった。樹理は袋からそれを取り出し、柄を握りしめた。止めに入るからには、同時に城下の息の根を止めなければ。前から、自分より体格の勝る彼を倒せるチャンスは一度きりだろうと考えていた。相手にとっては初めて顔を合わせた瞬間に、不意を衝かなければおそらく不可能だ。

樹理は城下の背後に回り込み、彼の首を刺した。このまま包丁を抜けば、簡単に彼の命を絶つことができるだろう。ただ、本人が理由を知らずに死んでいくのは不本意なので、こうして樹理は凶器で止血しながら語っている。城下が自身で真相に辿り着けないのなら、この幕引きも悪くない。

城下が胸倉を摑んでいた女性が、女装した会社の同僚だったことだけは、まったく予想外だったが。

十八

「これでわかった？」

樹理の声は夜更けにしとしと降り続ける雨音のようだった。

「あんたと倉橋萌香は、許されないことをした」

城下と一体化したように彼の首筋に包丁を押しつけて静止したまま、唇だけが小さく動いている。

その前に座り込んだ千秋は、言葉もなく樹理を見上げていた。

そういうことだったのか。

千秋は萌香を通じて彼女を殺した犯人を見出そうとしていた。だが実際は、萌香と樹理を繋げていたのは自分の方だったのだ。

去年の夏、萌香は千秋にOB訪問をさせてほしいと頼んできた。大学卒業後には斜岡で就職したいので、そちらの雰囲気を知りたいのだという。千秋は快諾し、自身はなかなか気に入っている職場を案内したが、萌香は好印象を持たなかったらしい。また、千秋の話から、ひとり暮らしが物入りで、よほどの高給取りでもない限り、余裕のある暮らしは難しいということも学んだようだ。結局、ほかの企業もいくつか見学した上で、やはり就職は地元の出入野ですることに決めたと千秋に伝えてきた。以来、萌香が斜岡に足を運ぶことはほとんどなかったはずだ。

しかし、彼女はたった一度のOB訪問で樹理と出会ってしまったのだ。

千秋は、樹理の顔から目が離せなかった。

平凡な事務員の同僚が今ほど美しく見えたことはなかった。

闇の中に浮かび上がる樹理の目には、強烈な輝きがあった。自身で制御できないほどの愛に溢れかえった目。

その姿に圧倒されて、千秋は身動きできなかった。ようやく辿り着いた犯人は、彼の想像した通りの愛情の持ち主だった。

ただし、それは一心に城下に向けられていた。燃えるように彼を愛していた。

樹理には北見という恋人がいたそうだ。しかし突然、愛する対象を奪われた。非常に腹立たしかっただろうし、代わりの愛が必要だった。愛情深い人間は、常に誰かを愛し続けなければ気が済まない。

そうした意味で、北見を死に追いやった萌香と城下は、樹理にとって格好の対象だったのだ。二人が北見を殺したという認識は、彼女の行き場をなくした情熱に油を注いだ。かわいさあまって憎さ百倍の逆転現象が起きたといえる。

そうして、萌香と城下は樹理に殺意を抱くほどに思い詰められた。

千秋は二人の立場を思った。何という僥倖《ぎょうこう》だろう。何をしたのか彼ら自身は自覚のない行為で、そこまで誰かに強く意識されるとは。その末に萌香は殺されてしまったが、城下は今なお生きて、熱烈に愛されている。首に包丁を突き立てられるほど。

冷たい風が千秋と彼らの間を吹き抜けた。

単純にうらやましいというよりも、もっと全身が軋むような感情にとらわれた。萌香を殺した犯人が誰であれ、次にその人物に愛されるべき対象は自分だと信じていた。男でも女でもどちらでもいい。人間愛で包んでくれさえすれば。愛されるために努力もした。

だが実際には、犯人である樹理が愛していたのは城下だった。

それは初めから決まっていたことだったのだ。彼女は萌香の次は城下と狙いを定めていたのだから。

一方で、職場で毎日顔を合わせていたにもかかわらず、樹理は千秋のことなどまるで眼中になかった。今も、城下だけを見ている。

惨めさは霜のように千秋の下半身に張りつき、彼から足の力を奪っていた。

その時。

「……違う」

樹理とは別の低い声が滴った。

千秋がわずかに視線をずらすと、城下の口が細く開いていた。

「あんたは間違ってる」

城下がこころもち首を後ろに捻るようにして、樹理に言葉を返していた。

「あんたの恋人を死なせたのは萌香じゃない。彼女は無関係だ」

まさか首筋に包丁の刺さった人間がちゃんと話せるとは思っていなかったのだろう。

樹理は驚いたように眉を上げている。

「確かに、俺と萌香は、その夜、公園にいた。あんたの恋人の赤いバッグも見つけた」

城下は途切れ途切れに告げた。

当時、交際中だった城下と萌香は、一緒に夕食を取った帰りに公園に寄った。樹理と北見と同じように夜桜を見物しようとしたのだ。

ただ、ちゃんと桜を見た記憶はあまりない。二人とも酔っぱらっていたのだ。ふざけ合い、けらけら笑いながらジグザグに道を歩くばかりだった。そうして、小さな池の前に出た。

池のほとりのベンチの上には、赤いバッグがぽつんと置かれていた。

「おっ、いいところにあるじゃん」

城下はいきなり駆けていき、忘れ物らしいバッグを手に取った。ころんとした形がボールを思わせる。そこで、軽く放ってリフティングを始めた。彼は学生時代、サッカー部だったのだ。

「ちょっとやめなよ」

萌香が近づいてきた。頬はうっすら赤いが、目にはまだ理知が残っていた。

「人のだよ」

「今は俺のだって。ほら、パス」

城下は笑ったまま萌香に向かってバッグを蹴り上げた。

「やめなってば」と彼女は身をかたくする。が、酔った城下の狙いは大きく外れ、バッグは見当違いの方向に飛んでいった。直後に、小さく水音がした。

あっとお互いに声を漏らした。バッグの消えた方を見やるが、そこは黒く塗りつぶされているばかりだった。池に落ちてしまったのだ。

「大変」と萌香は池に近づいていく。

その腕を城下は摑んだ。

「おい、危ないよ」

「でも、拾わないと。人のものなのに」

「やめろって」

酔っていたのとばつが悪いのとで声が荒くなった。萌香を引き立てるようにして、その場から足早に立ち去った。

翌日になると、城下の酔いも醒め、自分の行いにはっきりとした後ろめたさが張りつくようになった。しかし、再びあの公園で萌香が罪悪感を口にした時、自分をひどく責められた気がして城下はかっとした。

「彼女はあのバッグに指一本、触れていなかった。でも、俺よりも気にして、公園でなくなったバッグを捜すって言い出して。本当に池の中に入っていきかねない様子だった。みっともないことするなって、俺が怒鳴ってやめさせたけど」

千秋は城下から聞いた、彼と萌香の別れ話を思い出した。

――二人で花見に行った時、俺が酒に酔って悪ふざけしたんです。それで萌香はすっかり怒ってしまって。

——俺も謝ればいいものを、何だか意地になって喧嘩して、別れてしまったんです。あの頃、俺は仕事のストレスでずっと苛々していました。

——だから喧嘩の始まる前から俺は不機嫌で、それが萌香にも伝わっていたと思います。花見の件で彼女は俺に愛想を尽かしたんでしょうね。

城下と萌香の別れの原因が、樹理の恋人を死に追いやっていたのだ。

「だから、萌香に罪はなかった。俺だけが悪かったんだ」

ためいきをつくようにして、城下は断言した。

彼を凝視する樹理の顔は、闇の中でもわかるほど蒼白になっていた。予想外の反駁《はんばく》だったのだろう。それでも、ごくりと喉を上下させた後に、

「……財布とスマホは？」

掠れた声で問うた。

「バッグが見つかった時、中から貴重品が抜き取られていた。あんた達が盗ったんじゃないの」

「それは違う」

城下は頭を振る代わりに二度、瞬きをした。

「俺はバッグの中は開けなかった。俺達は関係ない」

嘘を言っているふうではなかった。千秋も城下や萌香が安易に盗みをはたらくような人間だとは思えない。

では、バッグに入っていた北見の貴重品はどこに消えたのか。城下や萌香とは無関係の第三者が持ち去ったのではないかと千秋は推測した。

北見の死後、公園の清掃員が茂みに落ちているバッグを見つけたという話だった。一方で、城下は池に落としてしまったと言っている。実はその場所は、ちょっと手を伸ばせば届くところにある、池のほとりだったのではないか。城下と萌香がいた時分は、暗くてよく見えなかったのだろう。しかし後に、おそらく明るくなってから、通りがかりの人間が見つけてバッグを拾い上げた。その人物は出来心で金目のものだけを抜き取り、バッグを茂みに放置したのではないか。

「知らない」

強い風に吹かれた湖面のように、樹理の瞳が一瞬歪んだ。

「そんなの知らない。何にしたって、北見くんから薬を奪って死なせたのはあんた達じゃない」

透明な雫《しずく》が樹理の頬を伝う。

「全部俺のせいだ」

城下は目を伏せた。その声は徐々に弱々しくなっている。

だから、彼の腕が緩慢に持ち上がってくるのを千秋は漠然と眺めていただけだった。

違和感を覚えたのは、

「それなのに」

別人のようにくっきりとした声が響いた時だった。

直後、城下が動いた。

自分の首に刺さっている包丁の柄を、樹理の手ごと鷲掴《わしづか》みにした。そうして、体をよじり、力任せに樹理の拘束を振り切る。抗《あらが》いきれずに樹理が彼の背後から離れ、よろめく。すっと城下の首から包丁が抜けるのを千秋は見た。

「萌香を殺すことはなかったじゃないかっ」

城下の絶叫とともに、闇の中に黒い飛沫が散った。

喉に焼き鏝《ごて》を押しあてられたような叫びは短かった。それが途切れると、城下は千秋の目の前で膝をついた。顔面も庇わずに地面に突っ伏す。

少し遅れて、樹理もどさりと腰を下ろした。

あたりは急に静かになった。絶えず足下の草を揺らしていた風までが息を潜めた。

千秋は、瞬きもできなかった。鼻先に生臭い空気が漂ってくる。

俯《うつぶ》せになっているので顔つきはわからないが、城下が絶命しているのは明らかだった。そして、その向こうで仰向けになっている樹理も、ぴくりとも動かなかった。

彼女の胸の上で、包丁の柄が直立している。

千秋はまだ今しがた目にした光景が信じられなかった。

城下は自らの首に刺さった包丁を引き抜き、それで樹理の胸を突いたのだ。そんな行動を予見できるはずもなく、樹理はほとんど抵抗できずに倒れた。

瀕死《ひんし》のあの男のどこにそんな力が残っていたのか。きっと、自分のことはまったく念頭になかったのだろう。萌香を殺した犯人の正体を知った城下は、ただ彼女だけを。

ひとり、取り残された千秋は、二人の亡骸《なきがら》を見守るばかりだった。

地面は二人分の血を吸って黒々とした池となり、千秋の足下にまで迫ってきていた。

だが、あと少しのところで爪先には届かない。

ああ、と声が漏れた。

それは、地獄絵図の極楽だった。

何と美しく、うらやましい。

眼前の結果は、紛れもない事実を示していた。樹理は城下を愛していた。そして、城下の方もまた、彼女を深く愛していたということを。

今思えば、彼を見知っておきながら、気づかなかった方がおかしいくらいだった。城下は北見を失った樹理と同じように、彼女によって愛する萌香を失った。つまり、新たな愛する対象が必要だった。その気持ちが、萌香を殺した犯人に向いた。樹理と同じような現象が起こったのだろう。だから、必死になって犯人を捜していたのだ。城下がごく世間並みの感性の持ち主で、先に犯人を見つけて通報するのではないかと焦っていた千秋は、見当違いの心配をしていたことになる。実は、彼は千秋と同じ目的で動いていたのだ。

城下と樹理は、互いに顔も知らない相手を求め続けていた。出会う前から二人は相思相愛になっていたのだ。

二人とも自覚はなかったのかもしれない。だが、互いを殺したいと思うほど思い続けていたことは事実なのだ。愛なくして、それほど相手ひとりに気持ちを傾けられるものか。その証拠に……。

千秋の視線は血の海に沈む二人の上を心細げにさまよった。互いを最後まで愛し抜き、愛し抜かれた死に姿はどこか穏やかだった。唐突に終わった二人の人生は、しかし完成している。

千秋は喉をのけぞらせて口を開けた。それでも、十分に酸素が入ってこない。胸がからっぽだった。自分は。

趣味でもない萌香の服を着て、自由になる時間のすべてを使って犯人を捜し続け、愛を求めた自分は。

ひとりだ。

千秋の前で城下と樹理は仲良く目を閉じている。

自分ひとりだけが、蚊帳の外だ。

跋

花の香りを嗅いだ気がして、並木を見上げた。

桜はまだ咲いていなかった。ただ、代わりに赤い蕾《つぼみ》が枝に鈴生りになって膨らんでいる。開花は時間の問題だろう。

自分の未来を暗示しているようで、杏は口元を綻ばせる。自然と早足になって、桜並木を通り抜けていく。

約束した時間にはまだ余裕があるにもかかわらず、その人はすでに待ち合わせの場所に立っていた。

「先輩、もう来てたんですか」と杏は声をかける。

「ちょっと早すぎたかな」

彼は少し照れくさそうに笑う。

「始まる前にお茶でも飲みにいこうか」

「はい」

彼が歩き出す。杏は、おずおずとその後に続いた。すると、相手が歩調を落とした。隣に並ぶ。一瞬緊張したが、すぐに何だか安心する。この人の隣にいると、思いきり飛び跳ねたいような、それでいてすやすやと眠り込みたいような、複雑な喜びにとらわれる。

杏はそっと千秋正志の横顔を見上げた。

人生、何が起こるかわからないものだ。

杏は職場の先輩の千秋に恋をし、初めは彼が樹理と付き合っているのではないかと疑った。それで一度は諦めたのだが、後に別の疑惑が持ち上がった。実は、彼はＯＢ訪問に来た後輩の倉橋萌香を殺したのではないかという疑いだ。彼は子ども時代に壮絶な虐待を受けていた可能性があった。その経験が彼を歪めたのではないかと想像したのだ。

だが、杏の素人考えは、報道によってあっさりと覆された。倉橋萌香を殺した犯人が、何と樹理だったことが判明したのだ。彼女は、出入野の河川敷で倉橋萌香の元交際相手と冷たくなっているところを発見された。刺し違えたらしい。

何が原因でそうなったのか、詳細は不明だ。杏は未だ樹理が人を殺し、彼女自身も亡くなったことが信じられなかった。警察の発表も要領を得たものではなかった。真相が捜査で解明されるのはもう少し時間がかかるのだろう。

わからないこと、納得しきれないことは多い。ただし、ひとつはっきりしたことがある。千秋が殺人犯ではなかったということだ。また、樹理と交際していたわけでもなかったらしい。ちょっと仲がいいだけの、ただの同僚だったのだ。

加えて、千秋が過去の虐待事件の被害者ではなかったことも判明した。

樹理の死亡事件の少し後に、杏はまた別のとある事件を報道で知った。二十五歳の男が同居の母親を殺した容疑で逮捕されたというものだ。その被害者は、かつて幼い息子への虐待容疑で逮捕されていた。あの「出入野入れ墨虐待事件」で実刑判決を受けた母親だったのだ。

彼女は出所後、施設で保護されていた息子を引き取り、再び一緒に暮らし始めた。以後、公的機関に新たな身体的虐待の記録は残っていない。ただし、母親は早くから息子を学校にもやらずに働かせ、その収入をことごとく巻き上げていたらしい。彼女を絞殺した息子の犯行は、二十代半ばに至るまでそうした生活を強いられた結果のものだった。警察の取り調べで彼は、「自由になりたかった」と述べているらしい。

そして、息子が成人していたことから、本名と顔写真が報道された。それによって、千秋が事件と無関係であることが証明された。たまたま過去の虐待の事件現場と彼の実家が近くにあっただけだったのだ。杏は内臓が溶け落ちてしまったかと思うほどほっとした。やはり、あれほど優しい人が犯罪に手を染めるはずがなかった。会社に向かう足が軽くなった。

ちょうどその後くらいからだった。職場で千秋と言葉を交わす頻度が増えたのは。

杏が狙いを定めて給湯室に行かずとも、千秋の方から何かと話しかけてくれる。杏もそれに朗らかに応えた。樹理の死は哀しかったが、千秋に対して彼女に遠慮する必要はなかった。二人は付き合っていなかったのだから。

千秋との会話はどんな内容でも楽しかった。杏が好意を抱いているので当然なのかもしれないが、相手と呼吸が合う感じがした。自分が息をはいた瞬間に、千秋の方は吸っているような。そうして先日、互いに今まで伝統芸能を観たことがないという話題になり、ごく自然な流れで一緒にいこうということになったのだ。

これはもう間違いなくデートだ。千秋の隣を歩く自分の足が、ひと足ごとに安定していくのを杏は感じた。相手は自分に明確な好意を抱いてくれている。少し前まで、こんな展開はまったく想像できなかった。

人から奪うのは好きではなかった。誰かを傷つけるくらいなら自分が身を引いた方がましだった。それで千秋のことは諦めていたのだが、事態は動き、思いがけない出来事が重なり、彼の方からやってきてくれたのだ。結果として、自分の選んだ道は間違っていなかった。自分は人から奪うより、人に与える方が向いている。

杏の先輩を見つめる目に、自然にやわらかな曲線が描かれた。今、自分に与えられるものであれば、何でも彼に与えたい。

＊

目についたカフェでお茶を飲み雑談してから、改めて劇場に向かった。

千秋は何度も右隣に目をやった。職場の後輩の日野原《ひのはら》杏がにこにこしてついてくる。

自分もうれしい。

「楽しみですね。人形浄瑠璃って歌舞伎ほど敷居も高くないし、お話の筋もおもしろそうだし」

「このセレクトでよかった？」

「はいっ」

元気な返事をする杏に千秋は目を細める。ようやく巡り会った思いだった。

アーケードを通り抜けていくことにする。あちこちにピンクの花が咲き乱れている。しかし、まだ桜の季節には早い。すべて造花だった。千秋の目には本物より美しく見えた。

あの時、と思い浮かべる。

城下と樹理の死骸を前にひとり残された千秋は、打ちのめされた。まったく自分だけが孤独なのだった。完全なふたりの世界をつくり上げ、静かに眠る彼らを正視できず、逃げるようにその場から立ち去った。

数時間後、城下と樹理は早朝ランナーによって発見され、事件が発覚した。しかし、千秋の元を警察が訪れることはなかった。あの橋の下での出来事を目撃した者はいなかったらしい。よって、城下と樹理の二人の間のトラブルと判断されたようだ。

もっとも、その場に居合わせたことを警察に把握されたとしても、千秋が何らかの罪に問われることはない。彼は城下に胸倉を摑まれたくらいで、ほとんど二人のやりとりにかかわっていなかったからだ。それが彼の苦悩の原因でもあった。こんなに愛されたいのに、愛してもらえない。

千秋は帰宅して血のついた服を処分し、塞ぎ込んだ。仕事や家事は機械的に行ったが、まったく力は入っていなかった。脳裏では常に城下と樹理の最期の光景が繰り返し再生されていた。うらやましかった。全身の血管が破れそうなほどうらやましかった。城下と樹理は、千秋の目の前で互いに愛を受けて死んだ。彼らと自分を分けたものは何だったのだろう。

千秋はひとり、考え続けた。食事をしながら、歩きながら、働きながら、眠りながら夢の中でも。

そうして、気づいた。

自分は相手に愛されることばかりを求めていた。

千秋ははっとして立ち止まった。通勤中のことだったので、駅の改札に向かって歩いていた多くの人々が彼にぶつかり、舌打ちをしながら追い抜いていった。だが、千秋は天からの矢に射抜かれたようにその場に立ち尽くした。

あの時、千秋と城下と樹理の三人はごく近い距離にいた。樹理の述懐中に、城下の首に刺さった包丁を千秋が抜き取ることもできた。とっさに城下に先んじて樹理を殺せなかったのは、彼女に愛されたいと思うばかりで自分が愛するという発想がなかったからだ。

だが、そもそも愛というものは受け身で得られるものだろうか。

自ら行動することによって、生まれて輝くものではないか。

思えば小学生の頃、自分をいじめてきた彩葉にお礼の仕返しをした時、千秋は満たされていた。相手にその愛を受け止めるだけの度量がなかったので、関係は破綻してしまったのだが、きっと当時の彼の行動は正しかったのだ。

その気づきと前後して、偶然テレビで目にしたニュースも彼の確信を深めた。

母親を殺害した容疑者として、見覚えのある名前の男が報道されていた。千秋は記憶を辿り、彼が隣家に住む少年だったことを思い出した。あの、母親によって皮膚をカミソリで切り刻まれた少年だ。母親から惜しみない愛を注がれる彼が、千秋はうらやましくてたまらなかった。

だが事件の報道によって、千秋は己の勘違いを思い知らされた。愛は一方通行で成り立つものではない。体中に×の印を刻まれながら成長する中で、少年の方もまたちゃんと母親へ愛を返し続けていたのだろう。殺害は生みの親への愛の集大成だったのだ。

ああ、そうか。

ミントの葉でできた氷を飲み込んだように、すうっと千秋の胸は晴れ渡っていった。今まで自分が満たされなかったのは、人に愛されなかったからではない。自ら愛さなかったからだ。焼けた釘を愛する人に打ち込むことで、自分の胸にもそれは刻まれるのだ。

その真理に到達した瞬間、千秋の世界は色を変えた。

もはや樹理や城下、両親やあの少年の母親、あらゆる人々から今まで愛されなかったことは問題ではなかった。誰であれ、これから自分が愛せばいいのだから。

そうして新しい目で生活を見回した時、くっきりと千秋の視界に入ってくるものがあった。短いしっぽを振って寄ってくる子犬のような後輩。これまでは興味がなかったので、通り一遍の優しさで彼女をあしらってきた。だが今、この生き物には求めていた価値があることがわかった。千秋はためらうことなく歩み寄った。

劇場に到着する。入り口には演目が大きく張り出されていた。『曾根崎心中《そねざきしんじゅう》』。あらすじを知って、千秋はこれを観たくなった。伝統芸能や古典などに興味はなかったが、やはりその見識には驚かされる。数百年も前に、人間はすでに心中が究極の愛の形態だと見抜いていたのだ。もっとも、千秋は実人生でこの古典を真似るつもりはない。自分が死んでしまえば、もう人を愛せなくなるから。

「千秋さん、パンフレット買いますか」

杏が聞いてきた。まっすぐ千秋を見上げている。一途すぎるその目が好みだと思った。たとえ千秋が抉っても抉っても耐えながら彼を見続けてくれそうな目。きっと愛する対象にふさわしい。

「うん、一部買って一緒に見ようか」

千秋は答えて、バッグから財布を出しかけた杏を制した。ここは自分が支払うべきだろう。伸ばした指先が彼女の手に触れる。生きていて、温かかった。

この子を思って思って思い続けて、行き着く先まで愛し尽くそう。

かたい決意を奥底に秘めて、千秋は彼女にほほえみかけた。

一年後

十八日に遺体で発見された女性の身元が判明した。女性は斜岡市の会社員、日野原杏さん（23）。警察は日野原さんが事件に巻き込まれたと見て捜査を進めている。

（読日新聞三月二十一日付朝刊）

本書は二〇二一年十月に産業編集センターより単行本として刊行された『焼けた釘』を改題・加筆修正し、文庫化したものです。

この物語はフィクションです。作中に同一の名称があった場合でも、実在する人物、団体等とは一切関係ありません。

〈解説〉

歪んだ「愛」が生み出した恐るべきサイコパス。巧妙に仕掛けられた罠に全身の震えが止まらない！

内田剛（ブックジャーナリスト）

「愛とは、（略）鋭く熱い、焼けた釘《くぎ》のようなもの」（P143）

本書は究極の「愛」の物語である。それも身を焦がす、というような生易しいものではない。誰も経験したことがないほど沸騰し、捻《ね》じれて歪《いびつ》なカタチになった「愛」だ。これからこの作品を読もうとしている人たちに「釘を刺して」おかねばならないのは、『焼けた釘を刺す』という作品が、実に危険極まりない「特別な」ストーリーであるということだ。人間業とはとても思えない、理性を失わせてしまうほどの、恐るべきパワーを感じさせる。これぞ読者への挑戦状。火傷に注意して、心して挑んでもらいたい。

しかしなんとも凄《すさ》まじい作品だ。これは良からぬ妄想か、それとも見てはならない悪夢なのか。読めばトラウマとなること間違いなし。まさに衝撃が胸に突き刺さった。抜群のリーダビリティで読者をグイグイと引きつける。不思議なほどの臨場感があって、いつしか読んでいる自分も物語の登場人物となってしまったかのようだ。魅力というより魔力があるというべきか。こうした明確に爪痕が残るような読書体験は本当に稀有《けう》である。

まずは構成の妙に注目しよう。

「愛情の反対は憎しみではなく無関心である。」

冒頭には有名なマザー・テレサの発言として広まった言葉が掲げられており、この物語が「愛」をテーマとしていること、自分に目を向けてくれる行為こそが「愛」なのだと宣言している。これがストーリーを読み解く鍵ともなる。

その名言のページをめくれば新聞記事の体裁で二十代女性が殺された事件が伝えられる。愛とはなにかを脳内で思い巡らせているタイミングで、血生臭い現実を直視せざるを得なくなるのだ。こうした明暗の反転は、とくに物語の終盤で顕著に表れる。はじめから油断ならない作品であることが分かるだろう。

ラストに用意された戦慄の光景もまた心臓破りだ。言葉を失うというべきか、読む者を立ち尽くさせるそのシーンは脳裏に焼きついて離れない。誰かに語りたくなるような「いい作品」には、必ずと言っていいほど名場面があるものだが、これはまさに好事例であろう。

『焼けた釘を刺す』は、圧倒的に際立《た》った筆力で仮面に覆われていた人間の素顔を暴きだしていく。光が射しこむ表の顔、深い闇を湛《たた》えた裏の顔。この世界の人間関係はいったいいくつの「嘘《うそ》」に彩られているのであろうか。その「嘘」を知らないままの方が幸せなのかもしれない。しかし、何かをきっかけに、隠されていた禁断の真実に気づかされ、背筋が凍りつくのだ。

物語の主人公は千秋《ちあき》。ストーカー被害に遭っていたという親しい後輩・萌香《もか》が刺殺されて一気に人生が転がり始める。不慮の死を遂げた彼女の無念を晴らすかのごとく、真犯人を追うために繰り広げられる恐るべき執念の捜索。そこには並々ならぬ決意と覚悟があった。

萌香が通っていた大学、勤務していたバイト先のカフェなど所縁《ゆかり》の場所に潜入し、関わりのあった男たちを絞り出し、独自の捜索を続けていく千秋。確実に目的を果たすために、警察より先に真犯人をつきとめなければならない。見知らぬ場所に単身で乗り込むだけでなく、ミステリアスな謎にも立ち向かう。こうした状況が非常にスリリングだ。

しかし萌香の通夜のタイミングで、部屋にまで忍び込んで衣類を持ち出し、彼女と同じような格好をして街に出る姿は尋常ではない。思いつめたら手段を選ばぬ偏執ぶりが随所から垣間見《かいまみ》られるのだ。

萌香を殺した「容疑者」たちと出会い、アリバイを追及していくほど疑惑はさらに膨らんでいく。千秋のその行動は身の危険を顧みず、というよりもむしろ命が脅かされる空気を嗅ぎ取っては近づき、異常事態を愉《たの》しんでいるかのような印象さえ感じられる。作中には小学校時代の苛烈《かれつ》ないじめや隣家での凄惨な児童虐待、現代パートでもブラック企業のパワハラ上司も登場するが、それも魅惑的な餌のよう。ささやかな違和感が、いつしか恐るべき狂気へと成長し、そして悍《おぞ》ましい殺意が生まれる。我々は、その瞬間を目の当《ま》たりにできるのである。

千秋にとってこの追跡劇は復讐を果たすためではない。すべては「運命の人」とめぐり合い、自分だけが信じる愛を成就させるためのもの。あまりにも一途《いちず》すぎる愛が「サイコパス」という名のモンスターを生み出してしまう。巧みに仕掛けられた「罠《わな》」とは何か。ここでは詳細を明かすことはできないが、あたかも赤い糸によって絞め殺されてしまうかのような、その為害性《いがいせい》と凶悪ぶりに震えが止まらない。

著者のくわがきあゆは、類まれな才能とセンスに溢《あふ》れた人物だ。

彼女がスターダムにのし上がった作品は、二〇二三年四月発売の『レモンと殺人鬼』（宝島社文庫）である。これは第二十一回『このミステリーがすごい！』大賞・文庫グランプリ受賞作品「レモンと手」を改題し、加筆・修正した一冊。「30万部突破」という華々しい宣伝文句がひときわ輝いている。

冒頭からラストに至るまで目まぐるしい展開が続き、まったく目が離せない作品で、「もうあんたを殺すしかないじゃん」（P236）という、文字通りの「殺し文句」も冴《さ》えわたっている。通り魔による惨劇から十年。家族を襲う悲劇の連鎖。容赦なく向けられた悪意が渦巻き、棘《とげ》だらけの呪縛に囚《とら》われる。畳みかける衝撃と、がんじ搦《がら》めの恐怖から抜け出すことは不可能だ。

こうした内容の図抜けた面白さはもちろんのこと、ジャケットのインパクトが書店の店頭でも極めて目立ち、書店員たちがこぞって文庫コーナーの好位置で仕掛け販売をしたこともベストセラーに向けて拍車をかけた。その表紙のカバーイラストは、昨今の「売れる」文芸作品の表紙を数多く手掛ける、人気イラストレーター雪下《ゆきした》まゆによるもの。タイトルのイメージとマッチした、色鮮やかなスライスレモンの背景に女性が正面からこちらを見つめる姿。思わず目があって、本を手に取ってしまう迫力である。

続く二〇二四年八月発売の文庫書き下ろし作品『復讐の泥沼』（宝島社文庫）も、期待以上の出来ばえ。目眩《めまい》がするような容赦ない展開に全身が慄《おのの》いた。まさに青天の霹靂《へきれき》ともいうべき、突然の古民家カフェの崩落事故。幸せからの地獄絵図。現場にいた医療従事者らしき男たちは、助けられたはずなのに、なぜ彼を救わなかったのか？　真実に近づくほど死の恐怖が身に迫り、決して暴いてはならない秘密が見えてくる。光と闇の反転に息を呑《の》む衝撃の一冊だ。

こちらの表紙も『レモンと殺人鬼』同様に、雪下まゆのイラストが目を引いている。前作は黄色だったが、物語にも登場するイチゴと血の色が混ざり合ったような濃い赤のカラーイメージと、今にも語りかけてくるような女性のイラストで書店の店頭を賑《にぎ》わせている。タイトルのアクセントに、ジャケットのインパクト。まさに出会った誰をも立ち止まらせる作品で、売り上げを順調に伸ばしているのだ。

宝島社文庫のレーベルでは三作目にあたる本書であるが、実はこれがくわがきあゆのデビュー作である。親本は二〇二一年十月発売でタイトルは『焼けた釘』（産業編集センター）で、第八回「暮らしの小説大賞」（二〇二一年五月発表）の受賞作であった。この作品が先に挙げた二作品と並んで、二〇二四年十月に宝島社文庫のラインナップに加えられ、雪下まゆのカバーイラストとともに、より多くの読者に触れる機会ができたことは、嬉《うれ》しいニュースである。

作家としての揺るぎない実力は、上に挙げた受賞歴からもすでに証明されているが、そうした事実にプラスして、「売れている」というのは読み手からの高い支持の証《あか》しである。紡ぎだされた作品たちが今の読者ニーズに、ジャストフィットしているからに他ならない。読めば必ずや「こういう作品が読みたかった」という思いを共有できるはずだ。人間の内面や行動はかくもはかり知れないものなのだと知らしめる。眼の肥えたミステリーファンを唸《うな》らせる展開の妙はもちろん、普段読書とあまり縁のないビギナーたちを満足させる圧倒的な読みやすさは、天賦の才である。今、注目すべき作家とは誰かを問われたら「くわがきあゆ」と答えれば間違いない。

デビューして間もなく、新作が待たれる人気作家の仲間入りを果たしたくわがきあゆ。次作では、いったいどんな「罠」が用意され、我々を未知の世界へと誘ってくれるのであろうか。いかなる衝撃の展開も、狂気の登場人物も大歓迎だ。首を長くして待とう。

二〇二四年九月

宝島社文庫

焼けた釘を刺す
（やけたくぎをさす）

2024年10月17日　第1刷発行

著　者　くわがきあゆ
発行人　関川誠
発行所　株式会社 宝島社
〒102-8388　東京都千代田区一番町25番地
電話：営業 03(3234)4621／編集 03(3239)0599
https://tkj.jp
印刷・製本　中央精版印刷株式会社

First published 2021 by Sangyo Henshu Center Co., Ltd.
ISBN 978-4-299-06022-8

『このミステリーがすごい！』編集部 編
5分で読める！
誰かに話したくなる
怖いはなし
30 SCARY STORIES
宝島社文庫
写真／福田光洋